皇明文衡卷之五十二

雜著

綱目凡例考異

或問春秋凡例子朱子曰春秋之有例固矣奚
所為也夫子作春秋筆則筆削則削游夏尚不能措一辭而
三傳各立凡例後之言春秋者又各立例殆將數十百家言
人人殊學者將安取衷哉子朱子筆削資治通鑑為綱目褒
貶去取一準春秋書法別統系以明大一統之義表歲年以
做首時之體辨名號以正名紀即位改元以正始書尊立崩
葬以叙始終書簒弑廢徙以討亂賊書祭祀以著吉禮之得
失書行幸出狩以著巡遊之荒怠書恩澤制詔以著命令之
美惡書朝會聘問以著賓禮之是非書封拜黜罷以見賞罰
之當否書征伐戰攻以志用兵之正偽書人事以寓予奪書
災祥以垂勸戒片言隻字如持權衡以較輕重銖積黍分芒
忽靡忒故手筆凡例一卷備列所以筆削之法學者據此以
求綱目之旨不須更設註脚而史外傳心之要典瞭然在目
如蹠諸掌與傳者之自立例以言春秋者蓋不翅霄壤矣然魯
齋王公刋之金華敬所文君刋之宣城而傳之未廣也至元
丁丑友人倪仲弘偶得於其友朱平仲遂以示余余嘉其有
益於後學欲鋟梓俾遠其傳海寧任用和以其子從余遊聞
而樂之迺刻諸家塾余因考其同異以附於後并識其所從
來之顛末於卷首云

歐史十國年譜備證

徐一夔

五季時十國稱帝改元者七荆楚吳越常行中國年號歐陽

公五代史著十國世家年譜於吳越云聞之故老亦嘗稱帝改元而求其事迹不可得獨得其封落星石爲寶石山制書稱寶正六年辛卯始信其改元歐史所据者以此所以不他見者疑其年號止行于國中而不行於外國後拜諱之至正中余避亂海寧州之東有姓許者嘗闢臣室得古墓一內有誌磚蓋錢氏將許俊墓也俊年十八從軍以驍勇有戰功累官至節度使都押牙兼御史中丞寶正三年卒葬於此所載年月甚明此又錢氏改元之一證也惜乎歐公未之見爾鏐殄巢殺宏誅昌以有兩浙之地又貢獻中朝不絕若無稱帝改元事當唐明宗卽位之初安重誨用事鏐致書重誨治慢重誨大怒會使臣烏昭遇韓玫使鏐還朝玫誣昭遇稱臣舞蹈重誨遂奏削鏐王爵鏐蓋有激而然而鏐卒之歲實爲明宗改元長興長興之壬辰則寶正六年之明年也重誨被殺當長興二年夏而元瓘自陳復鏐王爵則在重誨既死之後改元瓘襲位不復改元其事可見已以余觀之鏐自梁末帝貞明二年加天下兵馬都元帥開府直官屬唐莊宗入洛以厚獻故得賜玉冊金印自稱吳越國王更名所居曰宮殿官屬皆稱臣遣使封拜海中諸國君長至如俊者以分言之一陪臣爾亦授前項職名儼然行帝者事矣奚待重誨見絕而然歐公去五代未遠故老所云蓋可信也當時十國皆非中國有鏐之稱帝改元與否亦不足較第錄所見以備歐史之一證云爾

深衣考

朱右

上古巢居穴處聞衣鳥獸之皮以自蔽軒轅氏作制衣裳以

示象公侯等數上下不紊自夫王澤一熄嬴劉迭興古制茫昧曲臺戴禮僅存深衣一篇鄭氏箋註既有未當世代沿華襲以成俗無復復古之意矣宋司馬文正公始製深衣為燕居常服士大夫往往效之紹興間太常博士王普著深衣制度追合古人文公朱子脩入家禮趙公汝梅又著深衣說明白簡易未免互有得失近世天台牟氏仲裴刊誤慈溪馮氏公亮考證皆有發明右生也晚不獲承諸君子緒論而竊有志焉輙攷禮經及先儒諸氏之說求合古制使宜今可服庶幾好古博雅者有所稽而不惑於紛紜之議作深衣考

深衣之制

以白細布為之

古者用十五升布鍛濯灰治升八十縷今人為布無升數當用細密布潔白者

度用指尺

取各人中指中節以兩尖相距為寸今人用折尺亦彷彿

衣二幅屈其中為四幅

前後長居身三之一強自領至要王氏謂衣二尺二寸則恐傷太長當掖下則裁至袼外屬於袂

衽二幅

衽說文曰衣衿注交衽為衿爾雅衣皆為襟通作衿正義云深衣外衿之邊有緣則深衣有衽明矣宜用布一幅交解裁之上尖下闊內連衣為六幅下屬於裳玉藻曰深衣衽當旁王氏謂袷下施衿趙氏謂上六幅皆是也

裳十二幅

長與身等經曰短毋見膚長毋被土王藻曰深衣要半下齊倍要宜用布六幅斜裁上廣六寸下廣尺有二寸上屬於衣當要若人體大小又隨宜而廣狹之

袼之高下可以運肘 袼音各

袼衣袂當掖之縫也

袂之長短反屈之及肘

袪與袼平

袪袂口也舊制尺有二寸今時制宜稍小

袂中及齊與身參而圜之 齊音咨

齊謂袂下當縫處經曰袂圜以應規

要七尺二寸

當裳之上際王氏謂要中三 蓋袪尺有二寸圜之為二

尺四寸則要七尺三寸

袷二寸交而方 袷音劫

袷交領也玉藻曰深衣袷二寸 注曲領也經曰曲袷如規以應方

鉤邊續衽

邊謂邊縫也衽邊斜幅既無旁屬別裁直布而鉤之續之衽下若今之貼 經曰續衽鉤邊正以鉤邊續於衽也後人不察至有無衽之衣或有衽亦加鉤邊則於袷領相妨身服不宜姑正之以俟知者馮氏謂鉤邊乃要間當縫處亦非也

緣廣寸半

緣純也領與袂口齊邊皆緣經曰具父母大父母純以續

具父母純以青孤子純以素今人常居年老宜緣以皂綪之
庬切

負繩及踝以應直踝胡瓦切

謂自領下衣與裳連縫直不如繩今之背縫也

下齊如權衡以應準

齊衣下縫也

帶黃四寸

以白繒夾縫之其長圍要而結於前復通屈四寸為兩細
垂其餘為紳玉藻曰天子素帶朱裏終辟諸侯素帶終辟
大夫素帶辟垂注終充也辟緣也充辟盡緣之也細兩耳
也天子諸侯從要後至紳皆緣之大夫緣其兩耳及紳士
惟緣其紳兩餘皆不緣也

紳長三尺辟二寸辟音壁

辟邊緣也兩旁各廣一寸為二寸

約用組三寸

組綫屬以絛為之帶廣難結而易解故用組貫其細而約
之

冠用緇布

緇黑色宜用烏紗而加漆焉上有辟積五　向左為吉加
武卷於冠後今人屬武於冠前有純如今人加夾於額者
簪用象橫貫之

幅巾加于冠

古冠無巾今人加以巾覆之中用烏紗方幅似今頭巾但
直縫其頂而殺其兩端爾

屨用白

古者屨順裳色夏布屨冬皮屨士冠禮曰玄端黑屨素積白屨則深衣屨宜用白約繶純用緇絇屨頭飾用絛或用繒屈爲之繶牙底相接之縫亦綴以絛以爲行戒純屨緣口也或黑屨則飾以青文著綦屨繫也其色同上絇其俆切切繶施切

申屠子迪毀曹操廟文　　　　唐肅

操之不臣於漢天下後世莫不知也而夷陵獨有廟夷陵之民皆愚邪夷陵自有廟來國不一姓官不一人而未有毀之者凡仕於夷陵者皆愚邪非也夷陵之民不皆愚或知毀而不能毀者力不逮也仕於夷陵者亦不皆愚或可毀而不敢毀者勇不勝私也雖然知毀而不能毀非愚也可毀而不毀者誠愚也申屠公以一介吏獨有事於此視之民則力足以有爲視之官則勇足以勝私不流于俗不惑于禍使愚者駭不愚者悅也得非偉歟嗚呼操之鬼遠矣雖毀之不足以誅之然公之爲亦非以誅操也欲後世不臣如操者有所懼也

書博雞者事　　　　高啓

博雞者袁人素無賴不事產業日抱雞呼少年博市中任氣好鬭諸爲里俠者皆下之元至正間袁有守多惠政民甚愛之部使者臧新貴將按郡至袁守自負年德易之聞其至笑曰臧氏之子也或以告臧臧怒欲中守法會袁有豪民嘗受守杖知使者意嗾守卽誣守納己賕使者遂逮守脅服奪其官袁人大憤然未有以報也一日博雞者遨于市衆知有爲因讓之曰若素名勇徒能藉貧孱者耳彼豪民恃其貲誣去

賢使君衰人失父毋若誠丈夫不能為使君一奮臂稱博雞者曰諾即入閭左呼子弟素健者得數十人遮豪民於道豪民方華衣乘馬從羣奴而馳博雞者直前捽下提毆之奴驚各亡去乃褫豪民衣自衣復自策其馬麾衆擁豪民馬前反接徇諸市使自呼曰為民誣大守者視此一步一呼不呼則杖其背盡創豪民子聞難鳩宗族僮奴百許人欲要篡以歸博雞者逆謂曰若欲死而父即前鬭否則闔門善俟吾行市畢即歸若父無恙也豪民子懼遂杖殺其父不敢動稍斂衆以去袁人相聚從觀歡動一城郡録事駭之馳白府府佐快其所為陰縱之不問日暮至豪民第門捽使跪數之曰若為民不自謹冒使君杖汝法也敢用是為怨望又投間蔑污使君使罷汝罪宜死今姑貸汝後不善自改且復妄言我當焚

汝廬戕汝家矣豪民氣盡以額叩地謝不敢乃釋之博雞者因告衆曰是足以報使君者未邪衆曰若所為誠快然使君寃未白猶無益也博雞者曰然即連楮為巨幅廣二丈大書一屈字以兩竿夾揭之走訴行御史臺臺臣弗為理乃與其徒日張屈字遊金陵市中臺臣慙追受其牒為復守官而黜臧使者方是時博雞者以義聞東南高子曰余在史館聞翰林天台陶先生言博雞者之事觀袁守雖得民然自喜輕上其禍非外至也臧使若枉用三尺以讎一言之憾固賊盭之士哉第為上者不能察使匹夫攘袂羣起以伸其憤識者固知元政紊弛而變興自下之漸矣

志夢

余與同郡謝玄懿俱在

內府教冑子今年正月十一月之夜啓夢與玄懿晨候午門若將趍朝者有揖余二人言曰二君當遷且顧國子祭酒梁公曰諸生盡以屬公余愕曰得無有遠調乎曰不然頃傳開平王爾既寤明日以告玄懿私相與識之越三日既望故事當率諸生入覲方叙立右順門內梁公傳 旨下曰勑諸生出受業太學二君俟後 命言既引諸生去啓亦隨出明旦將朝中使急召啓二人曰有 旨命開平王二子侍學 東宮俾爾授之經宜趍入玄懿顧余笑其歎其夢之神也二月二十日之夜玄懿夢與啓同被召至
上所上授以一紙若告身者玄懿受而忘拜竊視其文有翰林院三字焉繼授啓啓拜受之明日以告啓亦私相與識之越六日
上御奉天門宰執並侍小黃門召啓陞
上顧中書右丞汪公曰諸儒在學久且皆有文行而令以布衣遊吾門可乎汝亟以翰林之職處之因趣謝時玄懿以事出獨不得拜焉明日遂各授職有差而啓與玄懿皆得編脩官云於是益共歎其夢之神也七月十五日之夜玄懿毋夫人林氏夢中使舁二樻授兩家發各有白金在焉其家捧視則化爲炭聞以告吾婦余與玄懿聞之竊怪其說稍隱不若向二夢之著又不知玄懿所得獨化爲炭何也然亦私相與識之至二十八日暮出院還舍有控馬馳召余二人
上御闕樓俟焉既見獎諭良久面拜啓戶部侍郎玄懿吏部郎中啓以年少未習理財且不敢驟膺重任辭去玄懿亦辭
上即命尤各賜內帑白金命左丞相宣國公給牒放還於鄉

既出都門與玄懿家共舟而東其二弟爲余言累重多負賜金已盡費況歸無舊業相共歎咨尤其兄之早辭余因話玆夢以解之乃始悟樹爲除炭爲歎愈共歎其夢之神也夫自周官六夢之職廢學者莫能通其說前史所載夢之符於事者甚衆余嘗疑其誣焉今是三夢者不由因思而生得於恍惚唵噯之間而可徵灼灼如此知未至若既往無少忒焉其事之偶然者歟將人之禍福將至有司之者或預以相告歟抑精神靈爽有所感通而特兆於是歟何其神也是知凡得喪之數固皆定於冥冥而無能逃焉者矣夫以吾二人一官之遷一命之授與區區之進退猶然而況其大者乎然則士之生也雖當自盡其所宜爲外者一委命順於數而無所容心焉可也而世之惑者猶將役其智力鶩馳於軋敓排狠之揚欣戚膠擾至死而不之察豈非昧哉余欲書此以覺之懼有請夫誣也乃私識之且貽玄懿聊相與自警焉今年洪武庚戌也

雜著

空同子瞽說二十八首　蘇伯衡

秦穆公使三帥襲鄭及滑鄭商人弦高遇之以乘韋牛十二犒師且遽告于鄭孟明謂鄭有備滅滑而還皇武子言于鄭穆公曰輕財之謂賢制勝之謂能其弦高之謂矣夫高將市于周遇秦師于滑知其包藏禍心求逞於我不愛其乘韋與牛十二用之犒師以息鄭國可謂輕財既犒師矣遂奪其心三帥知我有備氣沮計窮暴骨是懼斂兵而退可謂制勝不然秦師奄至誰其禦之我之弗知何以能備孟明西乞白乙攻我于外杞子逢孫楊孫應之於內存亡之數未可知也今甲兵不試邊鄙不聳勍敵遠却社稷用寧高力之以功莫大焉舉賢用能賞功所以為國也君請圖之以勸來者穆公曰無遺於善而民知所適何以弗為遂召弦高賜焉高稽首曰臣草莽之臣未嘗從齒君之輿隸惟是貿遷有無以利民用臣之職也方秦師之東也不虞相遇于滑不及以聞于執事輒致君之命有犒于其師出臣之位矯君之命死有餘罪君惠免之而不以戮為幸已甚何賜之敢覬覦先君桓武莊文勲在王室天鑒其忠祚我子孫恤其菑而捍其患秦師之不克逞志于我則由此故也臣何力之有而君歸功於臣而賜焉使人謂君以臣之故而賞僭也無乃不可乎貪天之功以為己功猶竊人之物以為己物也罪又甚焉其敢幸秦師之退而自為功乎若曰不腆韋牛臣之自輸於是乎歸焉臣雖賈豎又敢取之以犯不義乎臣聞為人子不敢私其財義也

故雖子之財父實有之子之道臣之道也如是自臣身至于妻孥私家孰非君之有哉寓於臣而已非君實寓則臣焉取之牛韋在臣猶在君也輸以共用固其所也若私君之有曰我之有而求歸焉夫豈義乎獲賜而亡義又焉用之且微社稷之靈先君主君之福秦師有進而無退傳于城下其誰獲免於執干戈以事捍禦乎臣將覆亡之不暇而况能有牛與韋乎今徼福于君不惟全其首領亦完其室家矣其爲賜也不亦大乎豈獨臣受賜雖國人皆受賜而臣重有賜焉人將謂臣無厭而懼且以爲僇矣君無庸賜之是免臣于僇而納之于義也請辭之穆公曰成子之名而教民以義何故不爲遂許高君子於是謂鄭穆公君矣皇武子臣矣弦高民矣聞善而能從明也見賢而能推忠也有功而不德謙也明以撫

衆君之道也忠以事上臣之職也謙以自居民之行也君明臣忠民謙求國無治不可得也此鄭之所以免於秦之師也

魯宣公稅畝孟獻子諫曰魯諸侯之望也諸侯之望魯也曰秉周禮也今稅畝是棄周禮也以秉禮聞而棄之諸侯其謂我何先君隱公以我許田易鄭之祊君子猶且非之曰有王制在王吏若以疆埸爲問將何以辭其大討矧取民有制而可逞君之欲乎昔者先王經土地而井牧其田野畝百爲夫夫九爲井井九爲邑邑四爲丘丘四爲甸甸四爲縣縣四爲都以任地事而令貢賦凡稅斂之制於是乎定焉大國食者半中參之一小四之一而其取民也皆什一焉什一制之謂也制所以律貪而禁暴也夫先王封建諸侯使治民而食其力以利民也豈厲民哉故爲之制食於人者雖魯曾弗使過

焉食人者雖鄙嗇弗使不及焉是故制猶水之防焉防猶不
可決而況先王之制乎上所以敢乎下下所以奉乎上也不
過什一爲日久矣而君過取焉譬則決水之防也夫君人者
上承天王下撫庶民而踰制歛財其無乃非義乎踰制厚君
歛財毒民厚君君怒毒民民怨若怨怒並興禍亂將至抑國
家之不能安靖而君焉逞欲越自魯公撫封于少皞之墟十
九世矣土田是賦以給公室有自來矣載其儉德有事攸共
臣未聞其不足也而今不足焉庸非奢僭之日新乎四
者所謂蠹也府庫空虛則職此也不然夫豈不見稅歛之時
入則足用在三事而已一曰寡欲二曰節用三曰由禮三者
之中禮爲之體必由乎禮而后動焉非禮不欲非禮不用如
是則什一無弗足也若動不由乎禮非禮亦用非禮亦欲則

雖什二又何足之有詩曰無念爾祖聿脩厥德無亦鑒于先
公而惟三事之是務焉用稅畝詒怒速怨示貪臣恐所獲不
如所喪也君其圖之弗從遂稅畝君子曰魯之不競也宜哉
浚民以從欲長國家者患無民不患無財紂有鉅橋之粟鹿
臺之財而曰獨夫無民之謂也若之何浚之古之人君知國
本之在民是以用其賢能爲其司牧授其田宅教其樹畜開
其衣食同其好惡恤其疾苦補其匱乏遂其庶富致其勸懲
與其孝悌忠信本既固矣而後邦寧三代興制厥道一也今
縱不能損上益下而又瘠民以肥巳自伐其本矣而魯之不
亡所謂一世無道國之未艾也
成王問君奭以守成之道對曰恪遵成憲崇信耆老無取昔
命令而紛更無陋舊　模而改作王曰其要何居對曰在詩

有之如臨深淵如履薄氷在書有之予臨兆民若朽索之馭六馬王曰不已懼乎對曰十圍之木植之非二三百年不大及乎伐之也不累日而仆矣九成之臺築之非踰時閱歲不成及乎毀之也不累日而夷矣成之難而仆之易也如此成之難而毀之易也如此安得而不懼也周之天下后稷建之公劉篤之太王拓之王季勤之文王武王成之此十圍之木也此九成之臺也如之何其無懼也夏之民嘗去桀而歸湯矣商之民嘗去紂而歸周矣王不聞乎撫我則后虐我則讎如之何其無懼也

魏文侯問李克曰國何貴李克對曰貴士文侯曰何貴於士李克曰兆民之庶君不能自撫也三軍之衆君不能自馭也百職之富君不能自脩也萬事之煩君不能自理也而士者

君之所與撫兆民馭三軍脩百職理萬事者也得士則兆民得其生三軍得其所百職得其宜萬事得其序而君得以安富尊榮詩曰濟濟多士文王以寧得士也孤偃曰仁親以爲寶貴士也士之貴也尚矣楚有子玉晉文側席吳殺子胥勾踐進兵燕用樂毅齊不能支魯亡季孫郈亦相侵士之用舍國勢之強弱係焉何得而無貴乎三仁既去殷國遂墟二老來歸周業攸成伊尹就桀夏社未亡百里奚至秦虞公以滅士之去就社稷之存亡係焉何得而無貴乎文侯曰焉得士而與之共國哉李克曰知之則用之用之則任之任之則信之信之則不以小人間之則士之在天下者皆將竭蹶而至矣知之而不用之用之而不任之任之而不信之信之而不免以小人間之則士之在國中者皆將治任而去矣文侯曰

善於是師卜子夏田子方客段干木相魏成任翟璜西門豹以吳起樂羊為將用屈侯鮒為子擊傅而魏之為國也天下莫強焉君子曰無競維人信矣哉不然三晉地醜德齊魏何以無敵於天下也

楚王入于雲澤若虎兕若雄貜若麋豕若鳴鴈若鵁鶄若鵝鶬若鷫鷞見王無不恂然決起翔者奮飛走者遐竄高者入雲霄下者伏灌莽有錦雞焉方吐其綬而王適至收綬而後作王見其綬五彩競明悅焉左右關弓再欲射之王再止之命虞人曰其生致之虞人得之已乃縱獵者凡鳥獸之屬或殪于鷹犬或隕于鋒刃或傷于網羅而雞獨免焉明日王謂宋玉曰之雞也得全其生以綬見樊于籠亦以綬然則士將奚處宋玉對曰此雞有綬藉使深藏矯乎其飛冥冥大王何見焉彼虞人月烏乎取哉故其無逃於樊籠之間非綬實為之吐則使之也嗟乎士無以材自眩哉

空同子曰陸贄之召為翰林學士在建中之初盧杞之相在二年至四年以李懷光論奏而貶杞新安司馬杞之為人懷光猶知惡之贄與之同朝三年矣未嘗顯斥之第因奏議微示論刺而已及其既貶乃聲言其奸邪致亂贄之擢中書侍郎同平章事在正元八年裴延齡之判度支在七月贄於時極言用延齡之非德宗不聽十年十一月猶上書歷數其罪惡而贄竟除太子賓客使贄惡杞論杞如惡延齡論延齡則杞之貶當不在四年其惡亦當不至已稔又何自致朱泚之亂而有奉天之幸哉方杞在位也贄則不顯斥其奸邪及杞去位也贄乃追咎其致亂而贄之於延齡也則始終言之不

少置謂位不同也則學士號內相猶之爲相也謂時不同邪則杞爲相日贄諫非不行言非不聽也此何爲哉然觀贄語所親曰吾上不負天子下不負所學他何所恤可謂不以得失爲患者也而於此不能使人無間然余是以累歎而深惜焉

辟閭氏蒲盧氏過義渠氏義渠氏舉觴觴辟閭氏心若不快中酒屢興歎義渠氏曰吾聞惟酒合歡今子中飲而歎無乃有隱憂乎辟閭氏曰吾聞危莫危於上下交征利時之人無有賢愚貴賤老弱惟利之是好以故私憂之耳蒲盧氏曰若好利則有之矣若謂老弱貴賤賢愚無不好則豈其然乎辟閭氏曰子以我爲不信吾與子行試之乃懷金錢數十與蒲盧氏義渠氏俱出北關外遺其二道上而伏隱處窺焉少

頃一樵夫負薪過見金錢俯拾以去辟閭氏走從隱處出復遺二金錢而伏有頃一童子驅羊過見金錢俯拾以去辟閭氏出遺金錢如初舉一媼行過不拾而去辟閭氏怪之追問媼曰何之媼曰家貧將入城從人乞貸耳曰媼且欲乞貸于人道上有遺金錢何不拾也媼曰耄矣恨不之見耳見之安得不拾而已乎遽問安在辟閭氏指以告之媼方俯拾一人騎而與從奴數人來見曰此我所遺也媼何得取命其從奴取之去辟閭氏曰媼非老者乎童子非弱者乎樵夫非愚且賤者乎騎者非賢且貴者乎而見金錢無弗取吾之言其弗信矣乎蒲盧氏曰然則奈何曰惟義可以治之義明則廉恥興廉恥興則取予不苟矣雖然義其具也非其要也曰何謂要曰上之人以身率之儉德是恭屛去淫侈取之以道無富

之貪則其要也故曰荀子之不欲雖賞之不竊在上者從訓以義而不敎之以身其曷由知所法也不奪不厭矣

空同子過北邙山見叢塚焉喟然而嘆曰人乎人乎其王侯將相乎其巨家富子乎其百工技藝乎其俠客釋氏乎其騶儈乎其皁隷乎其操瓢者乎其人奴之類乎其鹵簿鼓吹前挽後擁而歸之斯乎其束縛而遺之斯乎其殣而埋之斯乎其始將錮三泉而天文地理之畢具乎將便房繳道門闕罳罳之極其壯麗乎將秘器臣妾之備置乎將穿不及泉而丘壟之無處乎將不封而不樹乎其中將珠襦玉匣黃腸題湊乎將桐木爲棺葛藟爲緘乎將厚衣以薪乎將倮而反其真乎嗚呼噫嘻蓋皆不可知矣況乎其主名邑里可得而稽乎但見華表摧折穹碑剥落土花粦媥牛羊礪角可悲也夫牧豎縱橫汎埽不至漆燈已滅陰燐昭晰可悲也夫蒿萊沒埴麒麟欹側翁仲無言白日自沒可悲也夫衰草離離露冷風淒罔象出沒狐狸嘯啼可悲也夫言未卒傍有樵者曰唉又何足悲哉人齡踰百如電之流如駒之馳方其生存或窮或達或盛或衰而貴者賤者尊者卑者富者貧者智者愚者雖歡欣得失用舍夭壽參差不齊及大期之奄及倏長逝而莫追計如桑孔辯以秦儀雄如項籍巧如工倕腰懸章綬手執璧圭布視錦綉塊視珠璣雖欲不同爲螻蟻之歸得乎唉歲月荏苒寒暑推移則其骨毛齒爪亦將澌盡而壓飛頹然獨存者第敗塚之纍纍而已而四五世後不復能守則丘壟塋域又將爾耕而我犂蒼然如故者特空山之巍巍而已而此理勢之必然從振古其如茲夫子何乃不能忘情爲之佇立

而歔欷也雖然萬物之間衆人之中維賢維哲立德立功坤翕乾張蟠地極穹有生有死雖衆攸同其英㷆靈氣則不隨草木而腐壞其令聞廣譽則長並天地以無窮苟能如是則善矣尚何彼之悲爲唉宇宙有不朽而不務之方蠅營狙詐舞女用機競浮榮於旦暮較強弱於錙銖俯有拾仰有取爭勢利計崇庳將其肉未寒而名已泯何擧世之没没蚩蚩也空同子曰善哉去其律羨脫其放覊放乎山林弦琴誦詩進德脩業惟恐後時

海賈謂漁者曰我之賈于江海也大舟如山後不見前檣高入雲航廣彌天奇貨異寶填委其間箕臘流求川蜀荆蠻乘風駕浪朝往夕還獲利至速以慱用力至逸以安爾何不操我之舟以利天下以濟不通乃駕舴艋而浮游溪澗之中低棬短篷坎窪其容輕如浮梗迅若飛鳧倏依淺瀨忽緣長洪蹤蕩乎浦漵之裔纜繫乎蒲葦之叢擧罾得蝦投干取鰅以給衣食以活妻孥抑何陋歟抑何愚歟漁者曰貨寶者盜賊之餌也江海者風波之區也分薄而利厚未有不困者也力小而圖大未有不危者也與其冐風波之險孰若即安於浦漵之有餘與其懷盜賊之憂孰若取足於魚蝦之無虞大舟之利吾豈不知顧力有所不足而分有所拘耳使吾舍漁又何覬覦乎乃歌曰我舟一葉兮可安居兮我魚數寸兮可克虛兮候之豐兮憂之大兮我何以涉江海爲爾毋我愚兮我寡爾隨空同子聞之曰漁者其賢乎夫能量力者必守已能知分者必安命安命則不貪守已則不競不貪近乎仁不競近乎義義且仁漁者果賢乎使人皆爾也又何至冐利而黷

貨希寵而徇勢輕性命而履危機昧廉恥而即汚穢皇皇而不知老役役以至于斃也哉

空同子行於河濱見漁者視其納則綃也觀其所得之魚宛轉噞喁鱗鬣髣髴則其大者才如指而已顧謂門弟子曰先王發政網罟之目必四寸而魚之鬻于市者必滿尺何其仁也當是之時魚鼈之類咸遂其生又何幸也今繒以爲罟而魚之如指大者登鼎俎焉甚哉乎魚之不幸也甚哉乎漁者之不仁也漁者曰嘻是何足怪古者取民率什一後世則大半矣古者役民歲三日後世則終歲矣古者山澤無禁關譏不征後世則以山澤關市之征爲經費矣然則不幸豈直魚哉不仁豈直漁者哉空同子乃歌曰冽彼下泉浸彼苞稂慨我寤歎念彼周京歌已而歸歸而彙歷者累日

於陵生問曰黃帝堯舜垂衣裳而天下治信乎曰信曰自黃帝堯舜以來居其位未有不服其服者而天下之隆平何以弗若唐虞曰大哉問矣衣裳之制始於黃皇而備於堯舜其繪於上衣有日月星辰山龍華虫焉其繡于下裳有宗彝藻火粉米黼黻焉所以象德也夫豈爲身之章以起人之美觀乎是故明目達聰無遠不燭日月星辰之昭臨也恭己無爲萬國咸寧山之鎮也聖神文武之難名睿哲溫恭之不測龍之變也命九官以熙庶績而禮樂刑政粲然華虫之文也宗廟享之子孫保之虎蜼之孝也惟精惟一藻之潔也光被四表格于上下火之明也十二牧之疇咨六府三事之允治烝民之粒食米之養也誅四凶而不疑舉十六相而不惑黼之斷也定天下五服十二州立牧而建長內華而外夷黻之辨

也然則聖王之爲衣裳也所以象德也非聖德之有似乎十二章由十二章而聖德爲之昭焉故也服其服而有其德此乃天下之所以隆平也服之在身德之不足而垂拱焉殆與被偶人以文繡而坐之巖廊之上無異矣欲天下隆平豈可得乎居堯舜之位服堯舜之服備堯舜之德而治不唐虞之君吾未之信也於陵子曰服以象德德欲稱服夫子之言至矣非獨天子爲然公侯卿大夫皆當然也不然幾何其不爲彼巳之子也哉

空同子曰三代之後取天下不必皆由仁義其才智高出於天下則取之矣至於維持天下係乎風俗維持風俗係乎政教則無古今一也故政教之得失風俗之美惡乃天下安危存亡之所係而國勢之強弱弗與焉何以知其然耶西漢十

有二君而其六君者賢君也成哀雖失德然禍不及民其國勢可謂強固難動而王莽以斗筲穿窬之材不下陛而取之所以然者由高帝自謂得之馬上安事詩書其政教不脩其風俗不美也東漢自安順以下日入于衰亂而桓靈之虐與三季之主無大相遠宜其勢之易動而董卓呂布袁紹袁術皆有絶人之姿曹操功蓋當世而才百倍於莽此數人者莫不竭其智力而終莫能得焉所以然者由世祖敦尚學術興厲名節以表正之明帝開設學校尊禮師傅以作新之政教脩於上風俗美於下也然則政教風俗之於天下豈細故哉時君世主之務宜莫此之急矣或者乃以爲取天下既無難則保天下宜亦易易然而於凡大閑漠乎其不留意也可乎哉可乎哉

空同子過鍾離氏鍾離氏方以油和松脂爲膏塗竹枝凡盤盂几席簾幃牕戶閫無不樹之空同子曰何爲曰吾以除蠅也由香而松脂粘蠅蠅逐香萃集焉無得脫者曰蠅教子手足乎曰否曰蠅齧乎血肉乎曰否曰然則子何疾之甚而務除之至于此極也曰彼雖不善螫人噉人而善敗人衣之白也涅之而黑生焉沉之黑也點之而白形焉吾疾其黑白而白黑也以故誓不盡除之不止也曰子知蠅蠅之善玷而不知人蠅之善玷尤甚也曰何謂人蠅曰屬耳于垣陰伺言語非人蠅而何巧言如簧離間骨肉非人蠅而何以佞爲賢以詐爲忠非人蠅而何以正直爲回邪以剛方爲暴戾非人蠅而何子奈何不務除之也曰蠅吾知所以除之矣人蠅吾焉得何以除之哉曰公以存心德以爲聽好惡之不作情僞之灼

知是非之莫惑凡人貌而蠅行者不信之而怒之不怒之而誅之則彼雖欲白吾黑而白無得而加焉矣雖欲黑吾白而黑無得而措焉矣巧言之詩曰君子如怒亂庶遄沮君子如祉亂庶遄已巷伯之詩曰取彼譖人投畀豺虎豺虎不食投畀有北有北不受投畀有昊

空同子捲書而起曳杖而歌曰默吾知任吾眞佚吾形抱吾神兩耳之存六用之泯入乎天乎天乎人乎吃若闕歙闔之際然謂空同子曰夫子殆非歟夫子矣何今之歌者異乎昔之歌者也空同子曰今者造物補我一竅吾遂與舍聰氏爲友乘無形之龍以適無象之野而遊乎無聞之鄉處乎無聲之境發乎無情之庭吹萬籟作而吾喜兮無知疾雷破山而吾寂焉無驚況乎毀譽吁俞笑歌呻吟足感吾之心乎夫哉

吾故曰無聲況乎聲響乎今汝欲聞吾心乎夫鼓
之鼓發乎無聲之寂大萬變作焉吾官之無聽猶故亡焉
文乘無形之體以適無象之野焉遊乎無聞之鄉乎無聲
之聲者也空同乎一曰令者道之所終也一殺吾與道會合冥凡乎
變然諦空同乎曰夫子治非故夫子夫何今之聲者異乎昔
神兩耳之存亡用之寂入乎天乎天乎人乎亡者聞而入
空同子撫琴作聲故曰無聲吾年無聞吾心相適吾
畀有北有北不受投畀有昊
祉亂畢遁乃惡之詩曰取彼譖人投畀豺虎豺虎不食投
裏無禪而惟焉失行言之詩曰哲夫成城哲婦傾城
諫之則效欲其畢宣白無譯焉哲婦
知異非之莫及凡人鑿而行者不信之而終不悟之言

何以禦之故曰公以存心衛之以禦讒乎毀以不行讒邪以化
何子奈何不禁余以公也曰讒者所以陷人非人讒邪辟乎
為中非人讒而何以正直為回邪以邪為事必非人讒者
人讒而何以忠言為讒言內非人讒而何以攻其惡以詐
人讒以善言之大其惡也曰何以讒人讒曰于通令何言讒非
黑之以黑白以白惡其黑白而白
人之至于此極也曰彼不善變人讒人而善惡人之自為
乎曰否曰讒譭乎直內乎曰否曰然則乎何求之其不能令
也由香言人從諸指讒者以香爲蕭艾惡無得於曰讒發乎反
盡凡帝憐實以闢無不樹之以空同子曰何為曰吾以除讒
空同子適讒讒者凡以由和人於溺實念毒於以讒

一竅之完也而我適吾適也若此庸詎知吾之七竅而造物不皆吾補乎我其爲空同乎子將求我於空同之上乎吃者闕翁曰予遊心於墨墨也久矣願執鞭而從夫子之後也

尉遲楚好爲文謁空同子曰敢問文有體乎曰何體之有易有似詩者詩有似書者書有似禮者何體之有有法乎曰初何法典謨訓誥國風雅頌初何法難乎易乎曰吾將言其難也則古詩三百篇多出於小夫婦人吾將言其易也則成一家言者一代不數人宜繁宜簡曰不在繁不在簡狀情寫物在辭達辭達則二三言而非不足辭未達則千百言而非有餘宜何如曰如江河何也曰有本也如鍵之於管如樞之於戶如將之於三軍如腰領之於衣何也曰有統攝也如置陳如構居第如建國都何也曰謹布置也如草木焉根而幹

幹而枝枝而葉而葩何也曰條理精暢而皆有附麗也如手足之十二脉焉各有起有出有循有注有會何也曰支分派別而榮衛流通也如天地焉包涵六合而不見端倪何也曰氣象沉鬱也如漲海焉波濤洶湧而魚龍張何也曰浩汗詭怪也如日月焉朝夕見而令人喜何也曰光景常新也如煙霧舒而雲霞布何也曰動蕩而變化也如風霆流而雨雹集何也曰神聚而冥會也如重林如邃谷何也曰深遠也如秋空如寒氷何也曰潔淨也如太羹如玄酒何也曰雋永也如瀨之旋如馬之奔何也曰回復馳騁也如羊腸如鳥道何也曰縈迂曲折也如孫吳之兵何也曰奇正相生也如常山之蛇何也曰首尾相應也如父師之臨子弟如孝子仁人之處親側如元夫碩士端冕而立乎宗廟朝廷何也曰端嚴也溫雅

也正大也如楚莊王之怒如杞良妻之泣如昆陽城之戰如公孫大娘之舞劍何也曰激切也雄壯也頓挫也如菽粟如布帛如精金如美玉如出水芙蓉何也曰有補於世也不假磨礲雕琢也將烏乎以及此也曰易詩書二禮春秋所載丘明高赤所傳孟荀莊老之徒所著朝焉夕焉諷焉味焉習焉斯得之矣雖然非力之可爲也聖賢道德之光積于中而發乎外故其言不文而文譬猶天地之化雨露之潤物之魂魄以生華蔓毛羽極人力所不能為孰非自然哉故學於聖人之道則聖人之言莫之致而致之矣學於聖人之言非惟不得其道并其所謂言亦且不能至矣尉遲楚出以告公乘丘曰楚之於文也其猶在山徑之間徼微空同子導吾出也吾不知大道之恢恢於是盡心焉將於文僴焉無難能者矣

東郭氏之猫羣聚于庭育以相桃是以相拊尾以相戲舌以相咶甚相狎也投之腐鼠皆鋌而起得者馳而去不得者或逐其後或據其前或號其右或攫其左相與鬬且噬矣空同子曰利之善移心術也如此夫物引於前欲炎於中恐已不得而人得之也雖腐鼠之微甚狎之猫鬬而噬弗顧矣而況有大於鼠者乎今之人平居相與握手附耳以致歡忻洽愛自謂骨肉良不過是及乎勢位一接幸於得而忘其所以為義醜抵而深排陰擠而陽奪不得之不已心術之移於利也如是則與東郭氏之猫何異哉

空同子曰賢者謀道而不謀食故賢者難進而易退也其君知之至然後起禮之恭然後留信之篤然後用故君得之而居以正國得之而國以安天下得之而天下以平或遇之不

以其道則納履去不終日矣蓋君子出非苟進也道合則出
也處非苟退也道不合則處也吾知謀道而已吾庸知富與
貴哉至貴不待爵至富不待祿待祿而富待爵而貴外也非
內也道德以爲貴仁義以爲富斯內也非外也古之賢者明
乎內外之分是以難進而易退也世之所謂賢者知之不至
惛然而起禮之不恭悟然而留信之不篤樂然而用而遇之
失之不暇而暇圖謀國家利安百姓哉倏焉而辭職忽焉而
拜官暮而處朝而出屢進而屢退其於道何如也
空同子曰君子不以卑賤而恥教人亦不以尊貴而恥教於
人故君子能成己而成人也人由教而成德猶器以範模而
成器也吾之德誠足以成乎人也則吾之位雖卑且賤固教

人者也吾之德誠待乎人而後成也則吾之位雖尊且貴固
教於人者也是故教人者存心於成人也夫庸計其位之尊
貴於吾乎教於人者存心於成己也夫庸計其位卑賤於吾
乎唐堯也虞舜也夏禹也商湯也文王也武王也齊桓也魏
文也可謂尊貴矣而教於君疇務成昭西王國成子伯時子
思號叔管仲卜商曾無難色君疇也務成昭也西王國也成
子伯也時子思也號叔也管仲也卜商也可謂卑賤矣而教
於成己成人也哉之八君者不恥教於人故不賢者以賢而
唐堯虞舜夏禹商湯周文武齊桓魏文曾無赧容豈非存心
賢者以聖之八士者不恥教人故能聖其賢而賢其不賢是
故教人者其重己守道必若古之爲教者然後能成人教於
人者其心下禮恭必若古之受教者然後能成己今也在下

位而為教則慊然不安而人且以為倨在上位而受教則閹
然不屑而人且以為辱不中者終於不中不材者終於不材
不賢者不至於賢賢者不至於聖不知卑賤者恥敬人之過
邪不知尊貴者恥敎於人之過也
空同子曰土苴易得之物也在天地之間庸詎知其限乎然
使一人聚之而十人取之烏有不盡者哉以無限之物聚之
者寡而取之者衆然且盡焉況乎粟米布帛出於人力而有
限乎今所在耕者織者恒不満數百家而食者衣者恒數萬
家物力安得而不屈乎人之力多者莫如烏獲數百人之中
力如烏獲者不能二三人若使二三有力人而代數百人者
服奔走轉移之勞未有不僨者也多田之家譬則多力之人
也大抵一邑之間一鄉之內數百戶之中田多者初不過三

四戶今也服役于官惟多田之家而已其餘或賈于市或商
于途或執百工技藝雖積蓄有餘以其無田也役未嘗及焉
則與使二三有力人服數百人奔走轉移之勞無異矣欲巨
室無困其可得乎何如則物力不屈曰貴農何如則巨室不
困曰均役不然南畝之民且相率逐末田多之家且胥為窶
人國將奈之何哉
空同子曰休徵咎徵天之所以禍福國家者也五福六極天
之所以禍福人民者也而莫不有以致之國家之政人民之
行非有以致福也而福至蓋有隱德也國家之政人民之行
非有以致禍也而禍至蓋有隱惡也人不念福本於隱德而
見其得福也則以為無妄之福焉人不念禍基於隱惡而見
其得禍也則以為無妄之禍焉是徒知有形之惡而不知無

形之惡也徒知有名之善而不知無名之善也無名之善隱德是也無形之禍隱惡是也皆萌乎念慮而常存乎心者也而政之臧否行之誠僞莫不由之一心之微貫徹三極自萬乘至於匹夫無貴賤一也善惡之萌迹雖未著念則甚烈已知之人莫知也人莫之知天未嘗不知也天知之是以天得而禍福之也故天之福隱德禍隱惡猶聖人之誅心也善觀人者惟觀其所得所得福也則其以善存心必矣所得禍也則其以惡存心必矣善格天者惟慎其所存心存乎善則福應之必矣心存乎惡則禍應之必矣天非穹然蒼然之謂也理而已矣理無不在故天無不體逆乎理逆乎天也順乎理順乎天也逆順者善惡之機也善惡者禍福之門也而禍福未有無妄者也故隱德之報不自其身則自其祖父隱惡之

報不在其身則在其子孫而況萬乘為天之子居天之位用天之道執天之行其感應又當何如故漢高祖心乎寬仁唐太宗心乎仁義而呂后武后不能移其祚秦始皇心乎殘暴漢武帝心乎兵刑而扶蘇據惟其殃所謂出乎爾者返乎爾者豈獨雨暘燠寒風見於歲月日時之間而已善惡之機不可以弗之慎也是以唐虞三代之聖人莫不兢兢業業孜孜慄慄翼翼亹亹不能一息寧也皆所以順乎天也是故君子不必求福也不必禳禍也夫亦順天而已矣詩曰昊天曰明及爾出往昊天曰旦及爾遊衍而順天則在慎獨也行乎人之所不見猶人之所見發乎已之所獨知猶人之所知敬義以自持誠一而毋貳身之所履無弗順心之所存無非善斯君子之所以免禍也斯君子之所以受福也

空同子曰古之所謂貴者不待爵命而貴也道德有諸已而已矣古之所謂富者不待貨財而富也道德有諸已而已矣貴不待爵命故雖處畎畝爲齊民而貴莫加焉富不待貨財故雖衣不完食不足而富莫加焉處畎畝爲齊民而貴無以加此之謂天貴衣不完食不足而富無以加此之謂天富天貴天富富貴之在內者也其得之自我其失之自我人不得而與之亦不得而奪之故貴富以天者通不榮而窮不醜有不驕而無不戚今之所謂貴者非道德之謂也爵命而已矣今之所謂富者非道德之謂也貨財而已矣爵命以爲貴故朝居位而暮去位則暮得而賤之矣貨財以爲富故朝有餘而暮不足則暮得而貧之矣暮去位而暮以爲賤此之謂人貴暮不足而暮以爲貧此之謂人富人貴人富富貴之在外者也其得之非我其失之非我人可得而與之亦可得而奪之故富貴以人者通則榮而窮則醜有則驕而無則戚君子也者天之貴富人之貴富兼焉者有之矣小人也者天之貴富人之富貴兼焉者未之有也是故君子有人貴而無天貴無寧有天貴而無人貴有人富而無天富無寧有天富而無人富有天之富貴無害爲聖賢孔顏之徒是已有人之富貴無救於狂愚桀紂之徒是已於戲吾身有至貴富者存而世之人乃舍而求之外悲夫

空同子曰有求於人而不加親無求於人而不加踈此其人君子也有求於人而惟恐不親無求於人而惟恐不踈此其人小人也其人誠君子也其友也必不加親於人得時之際而加踈於人失時之後亦不加踈於已得志之日而加親於

已夫志之時其人誠小人也其交也必加親於人得時之際而加疎於人失時之後亦必加疎於已得志之日而加親於已失志之時是故君子之交謂之眞小人之交謂之僞僞交者常多有也眞交者常鮮有也鮮眞交是以交而有始終者十不能一二也多僞交是以交而無始終者十常有八九也蓋君子交以道義而道義無隆無替者也與道義俱無隆替則君子之心也小人交以勢利而勢利有隆有替者也與勢利俱其隆替則小人之心也此小人之存心所以無恒而君子存心所以有恒也以有恒之心而與人交雖禍福死生而不能親疎之也況小者乎以無恒之心而與人交雖簞食豆羹而能親疎之也況大者乎是故君子不苟交人亦不苟交於人交人必察其所以交也交於人必愼其所以交也愼交在始察交在微察交不於微則不能得其心之所存也愼交不於始則不能得其身之所宗也夫自古及今終而相忮相軋相毀相競相傾相仇相殘者皆始而相求相推相下相比相濟相依相許者相求相推相下相比相濟相依相許於其始而相忮相軋相毀相競相傾相仇相殘於其終僞交者則爲之也眞交者固不爲之也故君子察之愼之交焉而出於眞者則內交焉而鄰於僞者則絕絕僞交所以率天下薄勢利也內眞交所以率天下敦道義也敦道義薄勢利民德其有不厚乎交道其有不終乎

士蔿以晉獻公患桓莊之族偪謀去羣公子乃與羣公子謀使譖富子其一公子謂羣公子曰不可詐慝鬼蜮何可信也宗族骨肉何可疏也信鬼蜮不智疏骨肉不仁仁智不足禍

宗族骨肉何可謂也信見疏不齊骨肉不仁不仁尤甚
使讒富于其一公子謂華公子曰不可許愚是鄭何可信也
士焉以晉衛公惠恆往文族偏諸吉華公子乃與華公子謀
有不遵乎交道其有不疑乎
相也乃直交所以率天下設道義也敎道義講率民德其
直者則乃直交后而難於偏者則絕偽交所以率天下漢出於
爲之也直文者圖不惠也故君子察之情交言而者於則其
始而相使相乳者相從相求相譏相結相下相比相推相與
相濟相依相許相矜相為相雜相禍相下相求相推相下相比
軋相毀相讓相圖相與相彼相資相禍相從相利而不相從相
不於始則不能得其身之所宗也夫自古及今有所不相使相交
在始察交在謹察交不於微則不能得其心之所存也擴交

於人交人必察其所以交也於人必擇其所以交也擇交
美而能觀踈之也況大者乎是故君子不苟交人亦不苟交
不能存心所以有也況小者乎無恆之心而人與人交難禍福死生而豆
于存心其隨以有恆小也人之心而與人交以禍福樂恆而君
利慎其隨心以則也小人交以心勢利而無恆者也與勢
則君子之心以道義而無苦也與其隨俱無陪豪也
蓋君子交以道義為交而無私與小人交必陷而無也
十不能一二也多爲交是以交而鮮有八九者也
者常多有也直交者常十有一二人之交鮮有始終者
已未言之先人其爲友君子之交謂之交人之交人爲交
而加諫於人者也其人之交必加之言而加觀於人
己夫志之擇其人也敢小人也其交也必加觀於人得其人之際

患將至杕杜之風角弓之雅乃所知也不假瀆告敢以細事聞于左右曲沃之奧有神藂叢大木也蔦與女蘿附焉神患蔦蘿之滋蔓也欲去之乃謂蔦蘿古人有言曰大木之下無美草傷於陰之多也今木之幹且數圍而爾之蔓不滿寸則其枝葉實蔽蔽也蔦與女蘿亦自見其蔓不如木之碩也疾之見夢于里人曰祥非神之為恠木之怪里人遂伐木木之既伐蔦蘿莫傳是以亦疑富子者大木也吾儕者蔦蘿也豈可云哉富子苟去我亦何所利焉羣公子不聽遂譖富子而去之士蔿又與之謀使殺游氏之二子其一公子又曰不可人之為寢其中列楹其四阿復列楹以相夾輔也撼其一楹棟必橈去其一楹寢必隳如是寢之所恃固在楹之眾矣我之有族猶人之有寢也而吾與游氏楹之謂也昔者之譖富子一楹去矣去其一也且懼壓焉況可再乎而又欲殺二子將吾族之不支豈惟二子而不改圖可乎羣公子不聽遂殺二子既士蔿使盡殺游氏之族其一公子又曰不可耳目手足之於身一體也目視耳聽患生故能知手捍足防難至故能備此身之所由全也若四者亡焉語所謂絕物也何能為哉身之全者鮮矣今譬之一體游氏之族在吾族之手足耳目也富子之去而吾手亡矣二子之殺而吾足亡矣今又欲合其族而盡殺之是拜吾耳目亡矣游族亡吾族必從之盇釋之以圖存乎不然悔無及矣羣公子不聽遂盡殺游氏之族士蔿乃城聚而處羣公子獻公果圍聚盡殺羣公子君子曰強宗翰也同姓城也其可自壞之乎故曰大宗維翰又曰宗子維城又曰無俾城壞無獨斯畏羣公子縱不足思

一人托物而致意三焉言切而利害昭矣亦易悟也哉而終不聽以及于難羣公子所謂取譬不遠昊天不忒回適其德俾民大棘者矣此計所以為事之本聽所以為存亡之機而貴乎哲也詩曰其為哲人告之話言維德之行

齊王問陳軫曰大臣竊權重以作威福何自知之軫曰此非微臣之所知也雖然臣乃者過淄水淄水上有兩叢祠水東之祠人持酒脯饗之者終日不絕水西之祠終日未嘗見一人饗之以酒脯者問其故其一神能為禍福其一神不能為福亦不能為禍今夫大臣者神叢也大臣之門神祠也持酒脯者趨勢利者也王欲知權重之所在亦惟觀酒脯之所在而已矣王曰善明日朝羣臣問曰淄水上有兩祠有諸對曰有之其一徼福者如市其一無一人徼福者有諸對曰有之

此何以故對曰由其能降災降祥與不能降災降祥故也今公門可羅雀而諸大夫門車轂常擊其無乃似之乎羣臣咸畏而莫敢對君子曰陳軫之取譬也善矣而齊王之詰羣臣也則過矣夫亦自強而已耳湯武之朝不聞主柄下移伊周之佐不聞執國之命已不自強而惟患政不自已出授人以大阿而欲無其割得乎

空同子曰天下之物本方圓烏用規矩哉皆平直烏用準蠅哉木也有直有不直不有繩焉其不直者則何以直乎欲直其不直是以繩生焉地也有平有不平不有準焉其不平者則何以平乎欲平其不平是以準生焉輿不自方以矩而成方蓋不自圓以規而成圓故繩之設因木之不直也準之設因地之不平也規矩之設因輿蓋之不方圓也規矩準繩設

則天下無物弗方圓平直矣是故聖人之治天下蓋莫不因而爲之制也因民之不皆信也於是乎爲之權衡度量因民之不皆善也於是爲之禮樂政教因民之不皆從也於是乎爲之賞罰因民之不皆治也於是乎爲之兵刑使天下無人而不信有權衡度量哉無人而不善有禮樂政教哉無人而不從有賞罰哉無人而不治有兵刑哉之數者設焉而後天下無不信不善不從不治之民然則權衡度量之立禮樂政教之脩賞罰之用兵刑之施可一日少乎雖然不出於結繩之前結繩之後斯出焉吾固知聖人甚不得已也雖不得已亦豈外人心而有爲哉是故賞因其好善之心而勸之云耳罰因其惡惡之心而懲之云耳禮樂政刑之類罔不皆然亦猶馬之性行也而乘之乘之而羈靮作焉牛之性耕也而服

之服之而楅衡作焉而曲學者乃謂聖人之治天下削物之性偪物之德是烏足與論聖人

或曰言之立也於世何與焉而論其不朽乃與立德立功者等不旣過焉乎哉空同子曰孔孟以空言配禹吾先祖嘗論之矣不敢勦取以瀆告姑言史氏之設其爲言也何敢望孔孟之萬一然要其極也使德備於身功加于時者而不有史氏焉述其終始發其精微見于論著書于簡冊傳之當世垂之後來亦焉能不朽而永存哉是故唐虞三代遠矣其聖君賢相之盛德大業仁人君子之微言茂行與夫治天下之大經大法昭乎如日月之麗天更于萬世而彌顯者則亦賴詩書史記之存也不然流風遺韵之猶存宏規遠矩之無徵雖欲憲章祖述之夫安得而憲章祖述之此孔子欲言夏殷之

禮而有文獻不足之歎也而況春秋戰國秦漢以來其功德不及唐虞三代遠甚其遺愛何足以起人之思慕而遂不至於無聞者詎非以史哉由其史之存也故宇宙之分合國家之理亂政事之得失習俗之美惡道術之邪正人材之賢否學士大夫得以討論而時君世佐得以鑒戒焉然則文史之職其爲重而非輕也明矣其爲要而非冗也審矣漢武帝乃以戲弄倡優畜之謂之不知務可也矧道明德立之士不獲見之行事而托空言以立教者奚可少之哉奚可少之哉

公乘生問於空同子曰何以處憂患也曰聽其所爲曰何謂聽其所爲曰不動吾心曰心何以能不動曰物我皆喪吾嘗自安東浮海至于崑山三遇颶風再遇淺一遇寇吾自分必死已視吾身如無焉颶也淺也寇也亦視之如無焉故吾起

居食飲言笑與平時無異焉舟中之人皆淩兢戰慄如露立氷雪間齒上下作聲無復人色吾曰四面皆水矣無所往矣壑于魚腹血于兵刃命矣死無時矣不必懼矣懼亦死不懼亦死孰若不懼哉孰若安坐飽食哉衆乃少安比登岸吾問同舟之人方冠賊礁淺颶風時公等皆懼我不懼公等皆不食飲我食飲今日公等登岸我亦登岸則吾向云云豈不信矣乎相視一笑吾以是信處憂患惟聽其所爲而已矣聽其所爲則不知憂患之爲憂患而自然安焉豈惟憂患哉處富貴亦然是以得失不患也世之人皆有所顧故皆有所慕有所畏畏慕交于中此其臨財則義不明臨陳則戰不力而不思夫窮達得喪死生禍福莫非命也又何必臨事皇皇然計其美惡而就避哉祗足以亂方寸焉耳公乘生曰余聞處憂

患而得行已之道其殆所謂可以終身行之者乎請書諸紳

申屠生問空同子曰學何務曰治心曰心何以治曰養之曰有道乎曰有曰道何如曰少思寡欲主敬少思則靜寡欲則明主敬則一靜其本也明其體也一其要也今夫水其一人撓之而其一人不之撓若苟一撓一不撓則針遺芥墮而可指取也必於其不撓者焉苟自不撓者可指取則是以靜為本矣今夫鏡其一塵翳之而其一塵不之翳若苟一翳一不翳則妍醜並照而無遁形也必於其不翳者焉苟自其不翳者無遁形則是以明為體矣今夫路其東多岐而其西無岐則牧豎過之而亡其羊也必於其岐多者焉苟自其岐多者亡羊則是以一為要矣一故靜靜故明明一學之務畢矣是故少思未遽靜也少思則欲不動而無思可至焉寡欲未

遽明也寡欲則情不勝而無欲可至焉主敬未遽一也主敬則有主而無貳可至焉無思則靜矣無欲則明矣無貳則一矣而學之務畢矣故曰其道在少思寡欲主敬此非余言也先民之訓也力行則存乎人

志殺虎

余至高溪之七日有虎夜踰某子甲垣攫其豕豕咿然作聲甲意穿窬也亟舉火燭之不見豕而見虎迹焉黎明與二弟俱躡虎迹逐豕行至黃土隴見兩虎叢薄中呼曰虎在此虎在此鄉黨鄰里幸與我共殺之不者不惟吾豕被其攫諸公家之豕亦恐不免不惟豕不免害且恐及人於是環高溪一聚壯者操刃與梃弱者聲銅鐵器往助甲虎見衆前且行且咆哮作聲威翼以懼衆衆不為懼益鼓譟環之虎乃躍而起

甲之長弟遽揮挺擿虎虎怒爪之其右股被創甲之幼弟奮戈刺之自喁貫脅一虎隨斃其一猶咆哮作噬人狀然聲戰慄僅若牛鳴衆知其無能也直前刺之於是兩虎俱斃剝其腹豕固在也虎於毛蟲中最暴戾人聞談虎且猶膽掉畏之而況敢攖之乎使其據深山大谷雖日攫麋鹿雉兎以自肥孰得而斃之哉顧恃其暴戾縱逐逐之欲入墟市攫人畜而弗忌得一豕竟殞其命悲夫世之人自謂威權足賴而貪欲無顧忌者其亦知所鑒也乎方甲行覔豕惟二弟從率先衆人刺虎亦惟二弟詩言外禦其侮必兄弟豈不信矣哉甲喪其豕既而斃兩虎誠若快意者然爲酒食以勞鄉黨鄰里費抑亦夥矣一弟文錢不脫於虎口持虎皮上送官人莫不謂其得厚賞以其皮之傷也牽於吏議迄弗之賞然則出死力捐家貲以除暴虐者上功幙府而欲文法吏無吹毛求疵而欲沾賞典矧可得乎矧可得乎

皇明文衡卷之五十三

雜著

宗儀九首有序

方希古

君子之道本於身行諸家而推於天下則家者身之行天下之本也治之可無法乎德修於身施以成化雖無法或可也而古之正家者常不敢後法蓋善有餘而法不足法有餘而守之人不足家與國通患之況俱無焉者乎余德不能化民而竊有志於正家之道作宗儀九篇以告宗人庶幾賢者因言以趨善不賢者畏義而遠罪他日於大者有行焉或者其始於此

尊祖

人之異於物者以其知本也其所以知本者以其禮義之性根於天備於心粹然出於萬物故物莫得而超之今夫形禪而氣續者人與物之所同也渴而飲餒而食勞而息逸而嬉者人與物不相遠也卒之人貴而物賤者何哉人能知尊其身之所自出而物不能也故生而敬事之為之甘膳羞之味以養其口為之華軟溫美之服以養其體為之采色以養其目為之馨香以養其鼻順其所欲以養其心猶以為未至也於是飭身修行以養其德令聞嘉譽以養其名著其德美於天下後世使之沒而不亡久而彌章君子之為人子孫非以養生為貴而以奉終為貴非以奉終為難而以忠孝廣發為難藏于寢祀于廟自天子達于士隆卑廣狹不同而其致一也故天子七諸侯五大夫三士二官師一庶人寢祭乎薦自外為之制者由乎人孝敬之情出於天由乎人者不可踰也

本乎天者夫寧有強之者哉天之命也人雖至昏弱也甚無知也過先祖之墓未有不動心者時焉而祀其先語及其遺事未有不嘆泣者形氣之感有所受之也非偶然也故宗廟之制祭祀之禮君子以此崇本反始致誠敬於其先墾井之氓田則祭田祖不以歲之豐歉而變不忘其始也況於身之所自出者乎知有其身而不知身之所自出是謂禽犢之民知奉其身而不恤吾身之所同出是謂瘠痺之民是二者雖色貌爲人而其身物化也久矣故人而不知本謂之悖不睦族謂之戾悖與戾惡名也世之立而談者天之所授與堯舜孔子不異由顏焉而顏由孟焉而孟不此之務而爲惡名之求尚爲愛其身也乎吾懼夫吾族之人爲瘠痺禽犢之歸而不自知也爲尊祖之法曰立祠祀始遷祖月吉必謁拜歲以

立春祀族人各以祖祔食而各以物來祭祭畢相率以齒會拜而宴齒之最尊而有德者向南坐而訓族人曰凡爲吾祖之孫者敬父兄慈子弟和鄉里時祭祀力樹藝無胥欺也無胥訟也無犯國法也無虐細民也無博奕也無鬬爭也無學歌舞以蕩俗也無相攘竊姦侵以賊身也無鬻子也無大故勿黜妻也勿爲奴隸以辱先也有一于此者生不齒乎族死不入于祠皆應曰諾然後族人之文者以譜至登下一歲之生卒而書舉族人之臧否其有婚姻相賙患難相恤善則勸惡則戒臨財能讓養親事長能孝而悌親姻鄉里能睦而順此其行之足書舉書之累有足書者死則爲之立傳於譜其有犯於前所訓者亦書之能改則削之久而愈甚則不削而書其名族人見必揖雖貴賤貧富不敵皆以其屬稱喜必慶

戚必弔死以其屬服無服者爲之是日不肉而羣哭之羣祭之羣瘞之

重譜

尊祖之次莫過於重譜由百世之下而知百世之上居閭巷之間而盡同宇之內察統系之異同辨傳承之久近叙戚疏定尊卑收渙散敦親睦非有譜焉以列之不可也故君子重之不脩譜者謂之不孝然譜之爲孝難言也有徵而不書則爲棄其祖無徵而書之則爲誣其祖有恥其先之賤旁援顯人而尊之者有恥其先之惡而私附于聞人之族者彼皆以爲智矣而誠愚也夫祖豈可擇哉兢兢然尊其所知闕其所不知詳其所可徵不強述其所難考則庶乎近之矣而世之知乎此者常鮮趨乎僞者常多淳安之汪氏錄其身緣而上

之至於魯公之族七十餘世皆有諱字卒葬若目見而耳受之者其心以爲至博也而博不能勝其僞也越之楊氏親煬帝之裔而恥名之汙遂避而不言吳寧之杜氏越千餘歲而宗漢之延年晉之富陽侯是皆知本者之所深惡而爲之者以爲工也顧不惑哉天下有貴人無貴族有賢人無賢族有士者之子孫不能脩身篤行而屈爲童隸而公卿將相常發於隴畝聖賢之世不能傳其遺業則夷乎恒人而縉紳大儒多興於賤宗天之生人也果孰貴而孰賤乎四海之廣百氏之衆其初不過出於數十姓也數十姓之初不過出於數人也數人之先一人也故今天下之受氏者多堯舜三王之後而皆始於黄帝譬之巨木焉有盛而蕃有萎而悴其理固有然者人見其常有顯人也則謂之著族見其無有達者也則

從而賤之貴賤豈有恒哉在人焉耳苟能法古之人行古之道聞于天下傳於後世則猶古人也雖其族世未著不患其不著也孔子子思以爲祖而操庸嵬之行則其庸嵬自若也祖不能貴之也故吾方氏出帝榆罔而譜不敢列之顯于昔者衆矣而不附之疑者闕之以傳疑不可詳者畧之以著實而惟以篤學脩身望乎族之人嗚呼富貴利達外至者也求道備乎心不求而足得之者可以行行之可以著施之盈天下而斂於身不見其隘傳之被萬物而非威武勢力之所能移善尊祖者思是道也行是道也天下不惟尊其身將歸德於祖而祖益尊祖益尊而譜益傳斯其爲孝大矣何必趯趯然爲僞而欺且誣哉

睦族

井田廢而天下無善俗宗法廢而天下無世家聖人之立法所以收萬民之心而使之萃于一一者治道之極治功之盛不可忽也故一之所在智者無所措其謀辨者無所措其說勇者無所用其力如裘之領如網之綱如髮之握如輹之轂如馬之有轡如牛之有紖操之則斂縱之則放招之則集撝之則退屈信作止惟上之所令而民不能參以私先王之民非甚異於後世也其好義而易使從化而畏法寧死於飢寒而不忍爲亂者豈礠斧鈇鉞所能禁哉教之以其所固有故其向善也安令之以其所易知故其趨化也亟當是之時同閭接畝之人猶相親睦信順而大小宗法行乎宗族之間爲百世之宗者百世宗之爲五世之宗者五世宗之宗其身則

守其訓有所猷爲皆受命于宗子而悍戾爭鬬之風無自而起苟非大姦慝詐不可教令則安有不善者乎故三代之俗非固美也爲治之具既美而習使之然也後世顧治之主王佐之臣迭興于世而卒不足幾乎古豈民性之不可化邪其具之廢已久世主便因循而憚改作材士眛遠略而務近功區區補弊苴漏而未及乎政教之全也民心益離而俗愈散奚獨民之罪君子預有責焉吾嘗病之而未之能行則思以化吾之族人而族不可徒化也則爲譜以明本之一爲始遷祖之祠以維繫族人之心今夫散處於廬爲十爲百而各顧其私者是人之情也縱其溺於情而不示之以知本則將至於紛爭而不可制今使月一會于祠而告之以譜之意俾知十百之本出於一人之身人身之疾在乎一肢也而心爲之

煩貌爲之悴口爲之呻手爲之撫思夫一身之化爲十百也何忍自相戕剌而不顧乎何忍見其顛連危苦而不救乎何爲不合乎一而相視如塗之人乎故爲睦族之法祠祭之餘復置田多者數百畝寡者百餘畝儲其入俾族之長與族之廉者掌之歲量視族人所乏而補助之其羸則以爲棺椁衣衾以濟不能葬者產子者娶嫁者喪者疾病者皆以私財相贈遺立典禮一人以有文者爲之俾相族人吉凶之禮立典事一人以敦睦而才者爲之以相族人之凡役世擇子姓一人爲醫以治舉族之疾其藥物於補助之羸取之有餘財者時增益之族之富而賢者立學以爲教其師取其行而文其教以孝悌忠信敦睦爲要自族長以下主財而私典事而惰相禮而野不能睦族沒則告于祖而黜其主不祠富而不以

教者不祠師之有　道別祠之不能師者則否

廣睦

人之親疎有恒理　而無恒情自同祖推而至於無服又至於同姓愛敬之道厚薄之施固出於天而不可易然有親而若踈者有疎而若親者常情變於所習也閱歲時而不相見則同姓如路人比廬舍同勞逸酒食之會不絕則交游之人如昆弟使同姓如路人他人如昆弟斯豈人之至情哉物有以移之君子未必然而常情所不能免也聖人之治人以常人之情爲中制俾厚者加厚而薄者不至於離恐其以不接而踈踈而不相恤也故爲之祭酺之法合之以燕樂飲食以洽其歡忻慈愛之情恐其徇於利而不知道也肅之以鄉射讀法使之祗敬戒慎而不至於怠肆祭而酺所以爲樂也讀法

所以爲禮也約民於禮樂而親者愈親踈者相睦此先王所以爲盛也哉舉而行諸天下今未見其不可也然非士之職也故欲自族而行之鄉而爲之制其制曰宗族歲爲燕樂之會四其時則二月也五月也八月也十有一月也其物則時祀之餘也其品則豕與羊各一酒醴羞菓惟所有而不必侈也酒以七行九行爲節也位以尊卑長幼爲序也苟尊矣雖稚子猶位乎上也苟長矣雖貧且賤以齒也其言爲孝弟忠信而勿褻也勿譁也勿慢也飲雖醉而勿違禮也立子弟二人爲執禮以佐酒酒至揖請飲既飲揖請釂既釂揖請殽羞二人歌詩其詩則蓼莪棠棣葛藟東門唐之杕杜谷風雅之黄鳥之類貴其能感人而敦倫理也其數則如酒也立二人講說嘉言古之人及乎教者皆在所取也將歌也將說也執

禮揖曰請肅以聽皆拱而坐坐則肱相比行則武相銜舉爵
飲醻食羞皆後長者畢則旅揖辭而退少者送長者于家然
後返歲爲禮儀之會三冬至也歲之初吉也夏至也冬至陽
之始生也君子之道自此始亨矣宜有慶也是日昧爽舉族
自勝冠以上咸盛服造祠下相揖趨及門祝啓門以次入序
立以時羞獻奠酒皆再拜班趨出族之長坐別堂次長者率
羣昆弟子姓捧觴稱壽畢皆拜遂以次飲酒相拜如禮典禮
以譜至北向坐讀之長者命衆坐衆坐聽善惡之在書者咸
讀無隱設席於南楹之東北向署其上曰旌善之位善之多
者長者命之酒俾少者咸拜之典禮翼以就位署南楹之西
曰思過之所惡之累書而不改者俾立其下於是長者以譜
所列傳緒盛衰絶續之故明言之而告以常訓曰爲善如嗜

飲酒去惡如去毒藥慎思哉勿墜爾先祖之祀衆拱而聽皆
俯首就班再拜出少者授長者杖以序行乃還于家夏至陰
之始生也君子所宜慎也是日素服謁祠如冬至禮不飲酒
不相拜讀譜之儀亦如之歲之初吉慶拜如冬至禮不讀譜
鄉黨之制歲爲燕樂之會一其時以秋其物以祭社之餘其
坐以齒以德以爵其禮主於讓其儀如宗族之會歌詩詠嘉
言亦如之其詩以伐木魚麗南有嘉魚菁菁者莪賓之初筵
擇鄉人子弟羣歌之其誦嘉言也耆老之賢者舉以敎在坐
者皆起應曰祗奉長者之訓凡族人鄉人不與于會者八悖
倫紀者鬬爭者相訟者使酒而酗者博奕者過累書而不改
者虐鄉里者言僞而行違者皆君子之所棄也不善者棄而
後知所戒然後善者尊而益勸勸戒立而俗寧有不美者乎

奉終

愛敬以養生哀戚以送死塋焉而葬位焉而祭皆本於禮而不敢忽者先王教民之通法也喪而用浮屠之術瘞而信塟師之說資冥報於不可致詰之間徼休咎於無情難驗之川阜上以為親謀下以為身利者此古之所未聞也後世闇夫野人多趨信而甘心焉親沒于床不于禮而于浮屠不哭泣擗踊而于鐘磬鐃鈸非是之務則人交笑以為簡時可塟矣泥于山川之利否而不即塟或至於終身或身死而委櫝於子孫甚者子孫恐塟之禍其身舉而棄諸水火爇親以禮者世反非之為愚嗚呼是何其不察而至於此極乎彼浮屠之所謂輪回者果可信邪天之生人物者二氣五行也其運也無窮其續也無端先者過而後者來未嘗相資以為用者二

氣五行之常也自草木而觀之發榮於春盛壯奮長蔚乎而不可遏及乎戒之以凜風申之以霜露昔之沃澤茂美一旦飄而為浮埃化而為汙泥蕩滅殫盡無跡可窺矣其發生於明年者氣之始至者為之也豈復資既隕之餘榮乎惟人也亦然得氣而生氣既盡而死死則不復有知矣苟有焚刲割佚樂適意身且不有而何以受之形盡氣盡而魂升魄降無所不盡安能入人胸腹重生於世而謂之輪回也哉天地至神之氣以其流行不窮故久而常新變而不同使必資已死之人為將生之本則造化之道息矣烏足為天地倘或有之人固不知之也浮屠亦人耳何自而獨知之彼以其茫昧不可揣索故妄言以誣世夫豈可信而事其教乎孔子謂祭之以禮為孝則事異端之妄棄聖典而不信者其為非禮也

大矣不孝孰加焉而闇者顧安之而不以爲非胡可哉塟師之動人以禍福而其説尤怪人之昌隆盛熾者其先必有厚德之遺賤貧夭絶者必有餘惡之著山川何與焉謑者則不然聞有貴富之人於此則歸福於其塋塚曰此其形也此其徵也於塟之法宜爾也聞有貧賤之人於此則曰此塟之罪也此於法宜至於斯也信斯言也則人之多財而力足者皆相率而爲不善及乎死也求善地以塟其身則可免于孫於禍夫孰肯爲善乎由大者而論之繫乎盛衰者莫大乎國都殽函河渭無異也秦帝之亡漢帝之昌隋據之而促唐據之而長果在於善地乎帝王之尊家天下而役海內使地善而可興竭智以營陵廟奚求而不致而亡國敗主相屬則果不在乎此也審矣古之卜宅兆云者以神道定民志耳非視岡阜之向背逆順臆度日斷如世之塟師之爲也塟師祖晉郭璞書其書茍可信璞用之以塟其祖考宜有奇驗不誣而璞卒死于篡賊其身不能福而謂能福乎人其可信否耶世之人多信之不知自陷於不孝而莫之贖也嗚呼先王之禮一失而流于野再壞而化于夷暨其大壞而不可爲忽乎入于禽獸而不之覺也寧不哀哉天下之人其小者化爲夷由夷而往吾不能知其所至矣其心溢浸膠固非空言所能革也吾獨以告吾族人親喪必以三年三年之制必循禮勿以浮屠從事違者生罰之死不祀于先祠塟卜吉凶而勿泥塟師之説期必以三月三月不能至五月五月不能止七月過一歲者如違喪禮之罰必刻壙志墓銘力不足者刻其名俾後有考作方氏喪塟儀

務學

學者君子之先務也不知爲人之道不可以爲人不知爲下之道不可以事上不知居上之道不可以爲政欲達是三者舍學而何以哉故學將以學爲人也將以學事人也將以學治人也將以矯偏邪而復于正也人之資不能無失猶鑑之或昏弓之或枉絲之或紊苟非循而理之磨而直之瑩而拭之雖至美不適於用烏可不學乎夫學非爲華寵名譽爵祿也復其性盡人之道焉耳彼蠕而動翾而鳴者不知其生之故與其爲生之道是以物而不神冥而不靈人之爲學所以自異於物也匪特異於物欲異於衆人也匪特異於衆人上將合乎天地拔乎庶類之上而爲後世之則也其說存於易詩書春秋三禮其理具乎心其事始乎窮理終乎知天其業

始於脩己終於治人其功用至於均節運化涵育萬物大得之而聖深造之而賢勉脩之而爲君子聖賢君子非天墜而地出人爲之也舉夫人之身皆可爲聖賢而乃不能異於物曷過哉不知務學之方也今世俗之儒申申而行由由而言騰口頰撦簡牘以誇乎人知非不博言非不華矣而於古之學未也何哉爲其泛而無本也漫而無統也可喜而無用也君子之學積諸身行於家推之國而及於天下舉而措之秩如也奚待詞說乎以詞說爲學上以是取士下以是自期此士所以莫逮乎古也嗚呼無善教而天下無善士無善士而天下無善俗世俗之陋其患豈微也哉余不欲學者之類之也方氏之學以行爲本以窮理誠身爲要以禮樂政教爲用因人以爲教而不强人所不能師古以爲制而不違時所不

可此其大教也其小學曰七歲而學訓之孝弟以端其本訓之歌謠諷諭之切乎理者以發其知羣居而訓之和暢之以物而導之讓愼施朴楚以養其恥敏者守之以重默木者開之以英慧柔者作之强者抑之扶之植之摧之激之而童子之質成矣其大學曰立四教皆本於行行不脩者不與一曰道術二曰政事三曰治經四曰文藝一道術視其人質之端方純明知微近道者與言考其言行以稽其所進試其問難以審所造政事文藝其材之所能者無不學也二政事視其通明才智者使學焉治民之政八制産平賦興教聽訟禦灾恤孤御吏禁暴悉民情知法意爲政事本試以言授以事而觀其所堪三治經精察燭理篤信不惑而長講說者爲之四文藝博文多識通乎制度名物立言陳辭可以爲世教者其

極也試之之日皆以終月皆欲其稱其教之名也教之存乎師化之遲速存乎人得其人推而用之不難於天下夫豈一家之學也哉

謹行

士之爲學莫先於愼行行之於人猶室之有棟柱也帛之有絲縷也木之有本也馬之有足也鳥之有翼也聖得是而後爲聖賢得是而後爲賢君子脩是而爲善小人失是而陷於夷狄禽獸之歸夫焉可忽哉積之如升高之難而或敗於談笑爲之於闔闥之内而或播於四海九州才極乎美藝極乎精政事治功極乎可稱而行一有不掩焉則人視之如汙穢不潔避之如虎狼賤之如犬豕并其身之所有與其疇昔竭力專志之所爲者而棄之矣可不愼乎夫口之便於甘肥體

之便於華美耳目之馳於所思心志之趨於所樂家欲富而身欲尊者人之同情聖賢之所不能無也然而學道之士禁制克節惟恐是念之萌於中蒯衣藿食黜好寡欲終身而不敢怠者誠知輕重之分也人之身不越乎百年善愛其身者能使百年爲千載不善愛其身者忽焉如蚊蚋之處乎盎缶之間夫蚊蚋之生亦自以爲適矣而起滅生死不踰乎旬月當其快意於所欲以盎缶爲天地而不知其所處之微昧陋之民亦若是矣迷溺於聲色勢利以身爲之役而不以勞其心以爲至樂也而不知其可悲也甚適也而不知其爲汙辱也均之爲身也聖賢之尊榮若彼而衆人之汙辱若此曷爲而然哉愼行與否致之耳難成易毀者行也難立易傾者名也得之不能久於身樂未旣而憂繼之者人之欲也以富貴

利達易汙辱之名猶食鳥啄而易死也况倏忽接於耳目者之不足恃乎故人有殺身而徇君親者非不愛身也愛其身甚而欲納之于禮義其爲慮甚遠矣寧死而不肯以非義食知義之重於死也寧無後而不敢以非禮娶知失禮之重於無後也僥倖苟冒於一時而蒙垢被汙於萬世小則閭里譏之以爲訾大則冊書著之天下笑之闡其名則唾噦不欲入于耳訐其所得曾不若秋毫而賤辱其身使孝子羞以爲父正士羞以爲交遺裔遠僞羞以爲祖不亦惑哉且人不患不富貴而患不能愼行無行而富貴無益其爲小人守道而貧賤無損其爲君子吾家自始遷祖至於余身十五世矣以言乎貲產則不踰于中家以言乎爵祿則未有位乎朝者然而不愧于人見推于世者以先人世有積德篤學操行異乎恒

人爲耳遠者余不足知之君曾大父西洲府君之純厚慤大先君太守貞惠公之廉介方正視古之賢者豈有間哉吾族之人暨將來而未至者烏可不效也人莫不喜爲名人之子孫而不知其尤難於衆人蓋德大則難繼行高則難稱有善過於人人未之取也曰其祖之賢不但如斯而已有惡未著人已貴之以爲不肖曰君之祖何人也而爲此哉故生於微宗薦族者過易隱而善易著以其特出掩於其先人皆異之故不求其備也生於世家者過易聞而善難昭以其先多顯人而不可企也嗚呼方氏之嗣人奈何而不愼乎君臣父子兄弟夫婦朋友五者天倫也戮天倫者天之所誅天之所誅人之所棄生不齒死不服墓不选主不入祠譜不書其名行和于家稱于鄉德可爲師者終則無服者爲服緦麻有服者如禮祭雖已遠猶及雖無主祭者猶祭如是而不能爲君子則非方氏之子孫也告于祠而更其姓不列于譜

脩德

能爲衆人所不能行之事者其子孫必享衆人所不能致之福人之爲善非爲子孫計也然天道之於善人以及其身爲未足常推餘澤以福其後人則亦曷嘗不爲子孫計哉第衆人之計速而易致而君子之澤遠而難驗故趨乎善者常少溺乎利者常多衆人每笑爲善之士爲迂緩無術而不知天道之所佑固在此而不在彼也天下無千載全盛之國無百年全盛之家天豈不欲有國家者久而不墜哉或一再傳而失之或未終其身而不振得之於勞勤艱難之餘而敗之於談笑燕安之頃非其智力所不能德不足而子孫無所藉以

自立也人之生於德善之家猶木之生沃土蚤發而易長華茂而後凋磽田瘠壠雖有萌蘖之滋拳曲擁腫終不足觀則所耕使之然耳今之人莫不欲子孫之蕃賢才之彩傳緒久而不衰而莫能為善此猶不藝而欲穫也不獵而欲衣狐貉也孰從而致乎故富貴而不脩德是以爵祿貨財禍其身也富貴其子孫而不力為善是置子孫於賊辱之穽爭奪之區而不顧也使貴而可傳則古之顯人與齊魏秦楚之君至今不失祀矣使富而可傳則趙孟三桓之裔有餘積而無憂矣然而皆莫之存何哉德澤既竭而後人莫能繼也先人有千乘之勢萬室之邑不足恃也金帛菽粟　盈溢廩廥不足恃也惟有餘德焉為可恃而恃之者身必危可恃以存者其惟德脩于身而不懈者乎德有及乎數百年者有及乎百歲者

有及乎當世者有及乎一鄉行乎一家者子孫之食其報也恒視所及為廣狹道術材略高世而拔類或見於事功佐明主除暴亂立法制或著於書以陳仁義政教正人心於將亡遏邪說於欲盛此德於數百年者也不能如彼之盛而其所為可以扶衰拯溺為百年所依恃者百年之所德也又不能然而濟當時之難者當時之所德也下此而盡力於一鄉行法於一家鄉與家賴之亦可以及其子孫俾不遽至於禍敗況其所及愈大則所利愈遠乎閭巷之士欲澤天下後世固非其職然因其身之所居以為其分之所當為奚為而不可也故事親而孝事長而弟族焉而睦姻焉而義慈恭惠和不犯不忮以此守身而無愧者其德可以澤其子推而行于鄉矜寒恤飢周人之所不及而為人之所難為其胤嗣有不興

者乎有位而立功學道而立言皆人所可致者孰謂吾族之人而不能為善人乎孰謂為善而果不可恃乎

體仁

天之生人豈不欲使之各得其所哉然而勢有所不能故托諸人以任之俾有餘補不足智愚之相懸貧富之相殊此出於氣運之相激而成者天非欲其如此不齊也而卒不能免焉是氣行乎天地之間而萬物資之以生猶江河之流渾涵喬淪其所衝激不同而所著之狀亦異大或如蛟龍小或如珠璣或聲聞數千里而或汩然而止水非有意為巨細於其間也而萬變錯出而不可禦人何以異於斯乎智可以綜覈海內而闇者無以謀其躬財或可以及百世而餒者無一啜之粟天非不欲人人皆智且富也而不能者勢不可也勢之所在天不能為而人可以為之故立君師以治使得於天厚者不自專其用薄者亦有所仰以容其身然後天地之意得聖人之用行而政教之說起故聖賢非為已設也所以為愚不肖之資貨財非富足夫也固將俾分其餘以補人之匱乏三代之盛豈法行于朝廷達於州里成於風俗而入於人心是以天下無怨嗟之民久矣其亡而莫之復也世世之志義之士猶有推其所有餘行其所可為者其亦先王之所取者乎然非知本者不知其意之美也人之挾所長以虐同類由不知本故耳使知斯人之生皆本於天視人之顛隮陷溺與己無以異則民焉有所失之患哉余病乎未能而欲試諸鄉閭以為政本數百家之鄉其人必有才智貲產殊絶於衆者雖廢興迭出而未嘗無每鄉推其尤者為之表使為二廩三學廩

之法豐歲夏秋自百畝之家以上皆入稻麥于廩稱其家爲多寡寡不下十升多不過十斛使鄉之表籍其數而衆閟守之度其九歲可得千斛以備凶荒扎瘥及死喪之不能自存者其入也先富而出也先貧出也視口而入也視產多者皆庚加息十一不能庚則否廩之左立祠以祠入粟多而及人慱者祠之左右序揭二版左曰嘉善書書其人之績版以朱書以青右曰愧頑版不飾書以白書吝而私者爲衣而不均者漁其利而不恤民者歲再集衆謁祠而讀之以爲戒學之法各立師一人以有德而服人者爲之立司教二人司過二人司禮三人鄉人月吉盛衣冠相率謁學暇則遊於學問乎師有違過者於師乎治悖敎不良者師與其罰其敎法如族學之儀

西伯伐崇

爲史者之言曰西伯之囚羑里崇侯虎實譖之及西伯得賜斧鉞專征伐而歸五年果伐崇侯虎果若其言是西伯挾天子之柄而報私怨也此必不然聖人之於賞罰豈嘗容心於其間哉觀人之善惡何如耳其善誠可旌也雖平生之所讎怨烏得不賞之其惡誠可誅也雖懿親近戚吾烏敢避焉著此法者非吾之所私有乃天子之法受之於先王而與天下共之者也竊天子之法賞無功則爲祐惡罰無罪則爲戕善此二者必誅於聖王之世紂之無道久矣諸侯豈無不臣服者乎其以斧鉞賜西伯而西伯受而行之宜自不臣服者始必不悻悻然蓄私怨而圖伐之也崇侯之事遠不可知其詳矣吾意其人必比凶黨惡不供臣職於天子而侵害其與國

殺虐其民人棄蔑其宗廟故西伯伐之必不以其譖已也訪憾其譖已是微量淺智之人齊桓晉文之流之所為豈足為聖人哉且羑里之事不經見史所稱獻美女善馬珍怪之說皆戰國之末好妄言者意搆之詞非其事之實也妄言者見詩歌伐崇求其罪而不得遂誣其譖西伯以為伐崇之端而不自知其謬也西伯嘗伐犬戎密耆及邘矣則此四國者又豈皆譖西伯者邪故謂西伯伐崇者是也謂崇侯譖西伯以女馬賂紂得脫者皆非也曰然則史氏所述西伯之事亦有足信者歟曰惟獻地請去炮烙之刑者近之餘皆無足取焉耳

武王誅紂

余讀春秋見其紀時書事少者止一二言多者不過數十言斷斷然傳其所信而不敢肆竊嘗疑之以為當時史官所載必詳矣孔子曷不盡舉而書之奚為簡略若是哉及觀左氏穀梁公羊三子之傳各述其所聞甚詳或曲說以傳經或因經而搆事肆情極論無復顧忌初若可喜徐而推之率多虛詞而鮮事實往往不足以得其要領而愈致人之惑然後知孔子謹嚴其詞若不敢盡者憂天下後世之至也孔子嘗繫易以辭矣反覆詰難至於理彰意竭而後止何獨於春秋而不盡其辭蓋道可以智窮而事必以實著與其徇疑而失實以為後世害不若著其可信者之為愈也故曰多聞闕疑又曰吾猶及史之闕文也此孔子之意也司馬遷之為史記其志以作春秋自擬亦非不知春秋者矣至於紀載往昔之事奇聞怪說無所不錄而於三代之本紀多背經而信傳好立

異而誣聖人其他微者未足論若武王與紂之事見於書最詳而遷乘亂之尤甚牧野之兵非武王之志也聖人之不幸也武成載其時事但曰一戎衣天下大定不書紂之死者爲武王諱且不忍書也他書謂紂自焚死意爲近之武王之於紂非有深讎宿怨特爲民去亂耳當斯時使紂悔過遷善武王必不興師而踰孟津及紂兵已北使紂不死而降武王必將封之以百里之邑俾奉其宗廟必不忍加兵於其身也况紂已死乎吾意武王見紂之死也不踊而哭之則命商之羣臣以禮葬之矣豈復有餘怒及其既死之身乎遷乃謂武王至紂死所三射之躬斬其首懸於大白之旗又斬其二嬖妾懸於小白之旗此皆戰國薄夫之妄言齊東野人之語非武王之事遷信而取之謬也漢高祖魏文帝皆中才之主非有

聖智之度高祖猶能不殺子嬰文帝猶能奉山陽公終其身會謂武王聖人而忍其君至此乎吾決知其不然矣茍信遷之言是使後世強臣凌上者蒞臨其君而援武王以藉口其禍君臣之大義不亦甚哉吾故辨之以爲好奇信怪者之戒

畢命

余讀周書至於康王之命畢公然後知周公之忠厚也殷之遺民可謂頑矣大者作亂小者驕淫奢侈不率法度禮不得而齊之德不得而服之周公知其不可旦夕治也既欲加兵誅之又舉而遷之於洛其怨殷民亦甚矣然方伐叛也爲大誥告四方自他人言之宜痛詆深誚不比於恒民而周公方申申焉告以天命之去就無一辭及其民之非多士多方一則言遷民之故一則言降四國民命不誅之由反覆乎夏商

之有亡稱其民曰商王士曰義民而不忍少傷之夫周公豈不知殷民之頑哉終不斥之爲頑民而曲爲之諱避者聖人之慮至深遠也民莫不有是非好惡善未至於此而加之以善名則必喜而奮曰上之待我以善人也安敢不爲善惡未至於此而加之以惡名則必怨而怒曰上之不以君子待我吾安用爲君子故以君子望中人中人皆慕而爲君子以小人望中人中人或失其恒心殷民固頑矣周公以王士義民待之彼欲不脩士君子之行得乎聖人之待人也恕如此宜乎未歷三紀而皆化也至於康王不知聖人導民之微權命畢公繼周公之職輒稱之爲頑民擧洛邑之民豈無善者哉槩而謂之頑殷民聞之得無怨且怒乎號之以爲頑而欲責其不爲頑不可得矣然則周公婉辭和色化殷民爲君子康

王發片言而誣殷民爲頑民文王武王忠厚之意至是銷鑠殆盡矣不然世之庸主無典則以遺後嗣者子孫蒙其遺烈猶可傳數世無亂以文武周公之大德曷爲不二三傳而遽微乎史稱成康爲至治余謂周之衰康王基之

雜著

牛李維州事

[redacted] 胡廣

洪容齋謂維州之事當時議者謂德裕賢於僧孺以今觀之則僧孺爲得司馬温公斷之以義利兩人曲直始分按吐蕃頑儳狡暴世爲唐患屢盟屢叛非德之可懷信之可結維州之事竊有議焉自清水刼盟兵臨近鎮上下震驚德宗欲出幸以避之自是用兵經費歲無虛日國計匱乏故德宗問李泌以復府兵之策泌對以屯田積穀致富強之術德宗喜泌曰未也臣能不用中國之兵使吐蕃自困德宗曰計將安出泌不對大意欲結回紇大食雲南與共圖吐蕃令吐蕃多備以牽制之知德宗素恨回紇故不對恐幷沮屯田之議不行

自吐蕃冦西川韋臯與東蠻兩林蠻連兵禦之屢捷屢勝吐蕃奔應西川南詔之不暇而冦河隴之跡漸稀此正與泌計相合至憲宗時雖嘗出冦亦鮮獲利穆宗長慶元年吐蕃冦青塞堡鹽州刺史李文悅擊却之秋九月吐蕃遣其禮部尚書論訥羅來求盟以大理卿劉元鼎爲會盟使入吐蕃與盟二年六月會盟之使未還卽復來冦靈武冦鹽州自此不見再盟文宗太和五年九月吐蕃維州副使悉怛謀請降盡率其衆奔成都李德裕遣行維州刺史虞藏儉將兵入據其城具狀且言欲遣生羌燒十三橋擣西戎腹心可洗久恥事下尚書省集議皆請如德裕策獨牛僧孺曰吐蕃之境四面各萬里失一維州未能損其勢比來脩好約罷戍兵中國禦戎守信爲上彼若來責曰何事失信養馬蔚茹川上平凉阪萬

中言爲上疏諸來書曰可專大言於是遣騎三千平定安邊
高皇天一統六有貢土者以懷柔之以兵中國撫綏
尚書右丞集議諸番請治唐宋之舊于曾屬曰吐蕃之號四面各
具狀且言欲遣王者十二部落西吐蕃以下者又取事
其祭奉成都六詔諸番行郡川東又貴州夷撫汝清
舜盟文宗大和五年九月吐蕃維州副使悉怛謀以其城盡率
二年六月會盟之使未還自後來蕃不遵盟西川自此不與
書論維州來朝以大理卿劉元鼎充會盟使入吐蕃
言奏維州判史李文饒之以九月吐蕃遣其禮部尚
明合王憲宗時維普出憲宗未維其會吐蕃
番本薦西川南詔之不服而維州隴以西撫有之
自此番定西川章皐與吳之爭維州東之盟

以獻制之知德宗表復回議不許路并回也四大吐蕃上
以不對大意欲請回紇大食雲南與共圖吐蕃今吐蕃多
自未也臣能不用中國之兵使吐蕃自國宗之言將至以
以復前之策必告以已積數年設言撫之事諭宗言以
事以建之自昆用兵經貴設征日以圖吐蕃之故唐宋之
之事論有議宗古者不可語以近鎮上下歸言唐宋之
禮儀故來世爲書吏屬是處于非德之可以言和維州
則會撰爲詞司禹盛公國又以義利而入西道命與吐蕃
夷宗審語維州文事富有議者論確自唐衛以今觀

十年維州事[redacted]明衡

雜著

皇明文衡卷之五十五

騎綴回中怒氣直辭不三日至咸陽橋此時西南數千里外得百維州何所用之徒棄誠信有害無利此匹夫所不爲况天子乎文宗以爲然還其城執悉怛謀歸之吐蕃盡誅之於境上由此觀之則僧孺之謀誠過矣且維州本唐故地廣德元年陷入吐蕃韋皐屢攻取之而不能得悉怛謀一旦舉以還唐其來降之日又在吐蕃敗盟之後何失信之有僧孺乃以私憾沮德裕之功故繆以往日吐蕃入長安之跡恐惕天子使祖宗故地不復德裕成功不遂悉怛謀枉死負冤於無窮朱子於綱目特書曰吐蕃將悉怛謀以維州來降蓋深惜之也牛李是非如此其著溫公之言直牛而曲李者其意蓋有所爲宋神宗在位喜於論兵富鄭公嘗云願陛下二十年不可道着用兵二字溫公之意即鄭公之意也當西夏部將嵬名山欲以横山之衆取李諒祚以降詔邊臣招納其衆公上疏極論以爲名山之衆未必能制諒祚幸而勝之滅一諒祚生一諒祚何利之有神宗不聽遣种諤發兵迎之取綏州費用六十萬西方用兵蓋自此始矣後城永樂夏人來爭喪師數十萬神宗臨朝大慟於是公言始驗公平生惟以和戎爲念及得疾猶嘆曰四患未除吾死不瞑目矣其一以西戎之議未決折簡與呂公著曰邊計以和戎爲便然則牛李之論公云云者欲假此以抑要功生事之人矯當時之弊不然牛李之事曲直甚明公何爲曲李而直牛乎維州之論當以朱子綱目與致堂之說爲當

季布止伐匈奴

單于嘗爲書嫚呂后后怒召諸將議之上將軍樊噲曰臣願

深于詩書議論宿布於治[illegible]入上[illegible]

李布十文包攸

宋子京圖日與其賞之論是稱

于李之書由其明公向為由李[illegible]中年[illegible]

論公行[illegible]書於[illegible]

之義未大[illegible]

[illegible]

不可道書用於二字溫公之書[illegible]

有所為宋神宗在位[illegible]

之也于李[illegible]非[illegible]出其[illegible]

[illegible]

天下于大宗以[illegible]

[illegible]中[illegible]不三日[illegible]

得十萬衆橫行匈奴中諸將皆阿呂后以噲言為然獨季布曰樊噲可斬也夫以高帝兵三十餘萬困於平城噲時亦在其中今噲奈何以十萬衆橫行匈奴中面謾且秦以事胡陳勝等起今創痍未瘳噲又面諛欲搖動天下是時殿上皆恐太后臨朝遂不復議擊匈奴事布老將也故知用兵之利害使其亦如諸將之阿諛順旨則必騷動天下因布一言而止其為利溥哉史稱布為賢將其或以此歟武帝時王恢建馬邑之議韓安國屢難其不可使武帝然安國之論則邊釁無由而起衛霍無功之可紀後亦必無輪臺之悔矣

劉給事

唐代宗永泰元年僕固懷恩誘回紇吐蕃雜入寇下詔親征魚朝恩欲奉代宗幸河中以避吐蕃恐羣臣議論不一百官入朝朝恩從禁軍操白刃宣言曰吐蕃數犯郊畿車駕欲幸河中何如公卿皆錯愕不知所對有劉給事者獨出班抗聲曰敕使反耶今屯軍如雲不戮力扞寇而遽欲脅天子棄宗廟而去非反而何朝恩驚沮而退事遂寢劉給事當倉卒之頃而能抗辭以折權幸使之驚沮眞大丈夫哉視當時之公卿閉口錯愕者誠可羞也惜乎史失其名不知為誰千古之恨楊雄曰齊魯有大臣二人而史失其名箋杜詩者謂黃四娘者獨何人哉因此以託不朽世間幸不幸類如此劉給事言存而名泯其幸歟不幸歟

陳平用陸賈之謀

陳平輔高祖定天下六出奇計無一不效及諸呂擅權欲危劉氏平燕居深念計無所出及見陸賈問策賈令與太尉深

相結為畫呂氏數事乎用其計乃以五百金為絳侯壽厚具樂飲太尉太尉亦報如之兩人同心協謀卒成滅呂安劉之功者賈之謀也平豈智於前而昧於後乎當事機未決或思慮過當而反惑乎平當危疑之際不自用而取人之長以成事功此所以為賢也平嘗順后之言以王諸呂豈亦賈策使平陽以計紿之得以成吾謀乎不然平之深念專在滅呂其肯以高祖之業輕以許人乎使平真阿呂后者賈必知之又安肯為平畫計乎

張湯杜周有後

語曰仁者必有後張湯杜周俱為酷吏然皆有良子爵位尊顯繼世立朝漢之元勳儒林之後乃有不如其故何哉班孟堅謂湯推賢揚善固宜有後者周之跡絕無一行之可舉其有後又何也史載湯決大獄欲傅古義乃請博士弟子治尚書春秋補廷尉史平亭疑法奏讞疑必奏先為上分別其原上所是受而著讞法廷尉挈令揚主之明湯用儒者議疑法豈於是而有陰惠及人者乎其有後者蓋由於此周無一善之可述但上以其盡力無私若然亦宜有後矣世疑湯周不當有後而皆有後故采摭其美而論之所可見者如此而已不然湯之子安世周之子延年見其父行之繆脩德礪行為漢名臣足以蓋其父之惡安世之子延壽延年之子欽又能世濟其美後之繼隆或不係於湯周而本於此歟

張騫

張騫貪一身之利為漢使月氏經大夏復事西南夷通烏孫鑿空西域啓武帝窮兵之欲者實騫之通也班固於其贊略

無一語及之但云禹本紀言河出崑崙崑崙高二千五百餘里日月所相避隱為光明也自張騫使大夏之後窮河原惡睹所謂崑崙者乎斯言於騫何有哉豈責其遠使詳於邛竹杖蜀布而遺於其大者乎抑豈不責騫而為漢諱乎不然騫不足責耳

公孫弘節儉

汲黯謂公孫弘位在三公奉祿甚多然為布被此詐也以本傳觀之弘常稱人主病不廣大人臣病不節儉又其身食一肉脫粟飯其躬行節儉蓋亦素性然也年八十終于相位漢之公卿多由奢縱取敗有如弘之節儉必能保其富貴弘之行亦可以厲俗故元始中脩功臣後下詔曰漢興以來股肱在位身行儉約輕財重義未有若公孫弘者位在宰相封侯

而為布被脫粟之飯奉祿以給故人賓客無有所餘可謂減於制度而率下篤俗者也與內富厚而外為詭服以釣虛譽者殊科夫表德章義所以率世厲俗聖王之制也其賜弘後子孫之次見為適者爵關內侯此又可見漢之重節儉而薄奢靡故特表章弘以敦厲風俗厥後若唐尊失身以仕王莽封侯貴重位歷公卿衣敝履空以瓦器飲食被虛偽名其亦與弘異矣何足道哉

東坡祖黃生說

東坡武王非聖人之說蓋本於漢儒黃生黃生曰湯武非受命迺殺也轅固曰不然夫桀紂荒亂天下之心皆歸湯武湯武因天下之心而誅桀紂桀紂之民弗為使而歸湯武湯武不得已而立非受命而何黃生曰冠雖敝必加于首履雖新

必貫於足何者上下之分也今桀紂雖失道然君上也湯武雖聖臣下也夫主有失行臣不正言其過以尊天子反因過而誅之代立南面非殺而何故東坡曰武王非聖人也孔子曰吾聞誅獨夫紂未聞弒君也自是學者以湯武爲聖人之蓋罪湯武歷稱堯舜禹有不足於湯武也又云孟軻始亂之正皆孔氏之罪人也斯言竊爲未當論語於篇終歷叙堯舜禹以及湯武孔子何嘗不稱湯武觀易革之彖曰湯武革命順乎天而應乎人孔子何嘗不足於湯武所謂順天應人者豈虛言乎又謂武王伐紂誅其君夷其社稷諸侯必有不悅者故封武庚以慰之有不得已焉耳此蓋戰國相傾之術曾謂武王而爲之乎當牧野之誓諸侯不期而會者八百天下固已叛紂歸武王矣雖賢如三仁知殷之必淪喪紂之必亡

亦未如之何也已矣苟使天命未改人心不去雖封百武庚又何足以慰悅殷之故家遺民哉封武庚者蓋武王公天下之心非爲私也湯武之迹孔孟言之盡矣不待辨而明第東坡之論如此恐後來學者惑於其言故略舉其槩以破其說黄生不師孔孟而立異論東坡何爲而師其說歟或曰東坡假此以彰曹操之美甚曹操之惡以武王爲非聖人則曹操其鬼蜮矣雖然曹操何足論以彧身爲漢臣爲操畫謀以贊其業及簒奪之形已著方詭異論以自釋其自殺也宜矣何足取哉

易卦

周易爻辭凡吉凶悔吝皆戒占者人能反求諸已則其應驗有如影響第占者以吉爲在已凶爲在人往往不應則歸神

於蓍龜誤矣昔漢武帝伐匈奴易之卦得大過爻在九五其繇曰枯楊生華象曰枯楊生華何可久也太卜謂匈奴破不久也皆以爲吉廼遣貳師將軍李廣利伐匈奴軍敗而降武帝歸咎於卦兆反繆當是時使太卜能云所兆在巳阻武帝不遣貳師則必無喪師降將之恥而卦爲可徵矣噫蓍龜斷之明矣而用之者失其意往往如斯

唐太宗征高麗

唐太宗初征高麗諫議大夫褚遂良曰陛下指麾則中原淸晏顧眄則四夷讋服威望大矣今乃渡河遠征小夷若指期克捷猶可也萬一蹉跌傷損威望更興忿兵則安危難測矣及上欲自征遂良復上疏以爲天下譬猶一身兩京心腹也州縣四肢也四夷身外之物也高麗罪大誠當致討但命二

三猛將將四五萬衆仗陛下威靈取之如反掌耳今太子新立年尚幼穉自餘藩屏陛下所知一旦棄金湯之全踰遼海之險以天下之君輕行遠舉皆愚臣之所甚憂也上不聽時羣臣多諫征高麗者尉遲敬德亦上言陛下親征遼東太子在定州長安洛陽心腹空虛恐有玄感之變且邊隅小夷不足以勤萬乘願遣偏師征之指期可殄上不從及後出師無功乃深悔歎曰魏徵若在不使我有是行也命使祀徵復立所仆碑觀遂良敬德之諫如此太宗苟能聽之未必不善又何必魏徵之言是思乎竊謂使魏徵若在太宗亦必不能從其言方遂良初諫時李世勣即曰間者薛延陀入寇陛下欲發兵窮討魏徵諫而止使至今爲患鄉用陛下之策北鄙安矣上曰然此誠徵之失朕尋悔之而不欲言以是知徵雖在

太宗必不從其言也范氏謂帝知過能悔此其所以爲賢使果爲悔過賞遂良敬德之言何必更思魏徵所以爲此說者帝於徵報之薄矣中心豈無慚忸故借此以樹仆碑撫其妻子耳豈眞思其言乎若帝眞有悔心自當斬然決絕於東征之念矣何故連年不已啓房玄齡臨終之諫與徐充容闡闉之疏乎由此觀之曷有悔過之實積釁蓄怨久而不解至于高宗累歲用師方始平之然小夷雖亡而中國之經費亦不可勝計矣何足補哉或曰太宗之思魏徵玄宗之思九齡事異而情同曰是不然玄宗之思九齡蓋出乎中情太宗之思魏徵蓋矯情耳

蕭何聽計

漢三年漢王與項羽相距京索間上數使使勞苦丞相何鮑生謂何曰今王暴衣露蓋數勞苦君者有疑君心爲君計莫若遣君子孫昆弟能勝兵者悉詣軍所上益信君於是何從其計漢王大悦五年陳豨反上自將至邯鄲而韓信謀反關中呂后用何計誅信上聞使使拜丞相爲相國益封五千戶令卒五百人一都尉爲相國衛諸君皆賀召平獨弔謂何曰禍自此始矣上暴露於外而君守於內非被矢石之難而益君封置衛者以淮陰新友於中有疑君心夫置衛衛君非以寵君也願君讓封勿受悉以家私財佐軍何從其計上說其秋黥布反上自將擊之數使使問相國何爲曰爲上在軍拊循勉百姓悉所有佐軍如陳豨時客又說何曰君滅族不久矣夫君位爲相國功第一不可復加然君初入關本得百姓心十餘年矣皆附君尚復孳孳得民和上所謂數問君畏君

傾動關中今君胡不多買田地賤貫貳以自汙上心必安於是何從其計上乃大說按何處危疑之地岌岌乎殆哉賴鮑生名平之言易危為安易疑為信不然則何之禍可立而待矣使韓淮陰有此二客則必不至於夷滅惜乎獻計以斬鍾離昧與夫蒯生三分天下之計皆不及此然則二客者亦豪士哉

韓信為將

韓信擊魏問酈生魏得無用周叔為大將軍曰柏直也信曰豎子耳遂進兵擊魏虜魏王豹定河東觀此則知信之善為將矣何也夫兵力不患不敵惟患將之與吾敵也兵法曰凡戰之要必先占其將而察其才因形用權則不勞而功舉信知柏直為將始輕其無能遂進兵成功使魏當時用周叔為

大將則信必不敢輕進又必思所以敵之縱能破魏亦必費力不至若此之易周叔雖不見其事跡蓋必能將也雖然信雖輕柏直猶用疑兵設伏以計襲破之其肯真易柏直為豎子徑前而與之搏鬭乎始而問將繼而用計終而破敵成功審彼審己而後動及其破趙窺知趙王成安君不用廣武君之策乃敢引兵遂下使成安君能用廣武君之策則信必不敢輕度井陘之險又安能有泜水之勝乎觀其戰勝攻取鮮不用計此之所以為善將也後之人舉知信之為善將而不知求其所以為善將之道往往不能如信之必勝而多取敗也

記徐元張旺史整

紹興十九年冬完顏亮戕其主亶明年營都燕山二十九年

又治汴京漸謀南侵三十年春東海民徐元張旺史整共起義師以帛書求援於宋宋守盟約不敢報元等嬰城半年虜師水陸夾攻破之誅戮極其慘酷亮由是益疑宋得中原心決策入寇起蕃漢兵二十七萬傔人不預焉倣唐制分二十七軍明年自將巡洛至汝遣高景山王全來求釁此周益公文集所載而宋史紀不見陳桱通鑑續編載金東海民張旺作亂使徐文率舟師平之常慨宋失中原忠義之士嬰城固守力竭城陷弁遭屠戮者何限如徐元張旺史整之徒志本爲宋乃不能救又不得一書于史以見其起義之忠而乃書曰金民作亂使千古之下負冤受抑何由獲伸桱之書法大抵若此有不可憑要當以益公所記爲定因表著其事以雪元輩之枉

雀餳

宋杜鎬博學有識爲翰林侍讀學士時都城外有墳莊一日若甘露降布林木子姪輩驚喜白于鎬鎬味之憮然不懌子弟啓諸鎬曰此非甘露乃雀餳大非佳兆吾門其衰矣踰年鎬薨繼有八喪廣謂甘露者至和之所感色此爲上瑞若人家有之矣亦雀餳之類耳

東坡與李方叔詩記　　胡儼

宋元祐中蘇東坡知貢舉屬意李方叔令其子叔黨持一簡與方叔値方叔出僕受簡置几上偶章惇子持援來訪取簡竊視乃劉向優於楊雄論二篇援兄弟經持去坡亦入院李方叔不知也既而就試果出此題二章倣坡意爲之援遂中第一人持第十人坡初意第一人必方叔及揭榜乃章也徒

爲之悵然方叔毋歎曰蘇公知貢舉吾兒下第命也坡既出院以詩寄李有云平生浪說古戰場過眼空迷日五色蓋亦解嘲云耳其詩眞蹟今在南昌李士廉家與徐鉉書稿及張即之手帖共爲一卷字畫皆可愛也

米黄書記

昔潘谷病目謁黄山谷山谷以囊墨詰之谷初探一囊摸索曰今不可得也問之曰此承晏軟劑也又探一囊曰此谷二十年前作今亦不能爲矣山谷曰得無假鬼神邪谷曰非也熟之而已山谷遂書以贈谷字徑三寸餘筆皆戰掣法至今三百餘年光采尚燁然照人及米元章海嶽菴四詠其字亦太書險勁飄逸尤爲奇絶皆在友人胡思中家誠可寶也

虞文靖公知人

元史虞文靖公傳載馬伯庸欲薦光州人龔伯璲邀公署薦章公以其小材不可且言其人必不能終伯庸甚不樂及公以草詔事退歸伯庸實倡導之也後龔敗果如公言人服其明智今又嘗聞熊伯幾先生言初危太樸以文學徵起聲名播于朝野士君子皆想望其風采諸門人問於文靖公曰太樸事業當何如公曰太樸入京之後其辭多誇事業非所敢知復曰必求其人其余闕乎時闕名未甚著門人曰何以知之公曰集於闕文字見之後闕竟以忠義顯乃知前輩觀人自有定鑒

虞揭詩記

虞文靖公嘗作范德機詩序有云當時中州人士謂清江范德機浦城楊仲弘豫章揭曼碩及集四人詩爲四家且以唐

臨晉帖翰范百戰健兒翰楊三日新婦喻揭而集爲漢庭老吏序出適揭公歸省墓見之大不悅遂往臨川訪虞公既相見言及兹事且曰傒斯與公京師二十年未嘗蒙公一言及斯何別後乃爾虞公曰誠有之非集之言中州人士之言也非惟中州人士爲然亦天下之通論也揭公咈然遂即席辭別虞公堅留不得竟駕小車而還既別去數日揭公乃以天曆年間秘閣開四詩寄虞公中有奎章分署隔窗紗學士詩成每自誇之句蓋爲虞公發也公得詩謂諸門人曰揭公此作甚佳然才力竭已就以所寄詩題其後答云今日新婦老矣後因逃人有寄揭公云故人不肯宿山家夜半驅車踏月華寄語旁人休大笑詩成端的向誰誇未幾揭公趣召至都竟以疾卒此得之陳維新云維新豫章才子也

薩天錫詩記

元薩天錫嘗有詩送欣笑隱住龍翔寺其詩云東南隱者人不識一日才名動九重地濕厭聞天竺雨月明來聽景陽鐘衲衣香暖留春麝石鉢雲寒卧夜龍何日相從陪杖屨秋風江上採芙蓉虞學士見之謂曰詩固好但聞聽字意重耳薩當時自負能詩意虞以先輩故少之云爾後至南臺見馬伯庸論詩因誦前作馬亦如虞公所云欲改之二人構思數日竟不獲未幾薩以事至臨川謁虞公席間首及前事虞公曰歲久不復記憶請再誦之薩誦之公曰此易事唐人詩有云林下老僧來看雨宜改作地濕厭看天竺雨音調更差勝薩大服而去此得之熊伯幾先生云

鐵柱詩記

豫章鐵柱宮井中鐵柱相傳爲晉許旌陽鎭蛟之柱歷代名賢多有題詠熊朋來詩曰九牧失貢金司空不行水蛟龍弄波濤魑魅入城市吁嗟清談晉萬事謾不理遂令千載人稽首旌陽子正言反應辭簡意高虞學士詩曰老龍無意弄新波化作鳧翁倚柱歌點石神方寧復得沉沙遺戟不堪磨汾陰鼎鼐千年出海底珊瑚百尺過誰在蓬萊期劫外下騎黃鵠一摩挲此詩初出人皆未喻其旨公曰此柱未敢必爲旌陽之物故詩意皆設疑辭以問之先伯父嘗云鐵柱詩甚多獨熊虞二公之詩超於衆作

譙樓畫角三弄記

儼幼聞諸伯父虞部府君曰世之鼓樓曰譙樓者謂門上爲高樓以望也畫角之曲有三弄乃曹子建所譔其初弄曰爲

君難爲臣亦難難又難次弄曰創業難守成亦難難又難三弄曰起家難保家亦難難又難今角音之嗚嗚者皆難字之曳聲耳所以使人昏曉之間燕息之際聞之有所儆發也至唐節度使辭日賜雙旌雙節行則建節立六纛入境州縣立節樓迎以鼓角今州郡有樓以置鼓角必會府而後可非受方面之任而置鼓角皆僭也

寫韻軒滕王閣望湖亭詩記

諸才子侍虞公宿寫韻軒道士因出卷子求題公賦二律其一云翩翩仙子樂王山明月高樓遂不還天外脩眉壓鏡掩窗中遺墨夜燈閑雪深黃竹歸無所雨暗蒼梧淚更班何啻浮雲相契合窅然餘跡謾人間其二曰仙人本自好樓居深下重簾寫韻書江上數峯千仞表硯中微露九秋餘下方鍾

鼓塵初靜絶世文章事不虛最愛夜夜凉天闕近綺窻留得王蟾蜍題畢辛好禮諸人問曰西江登眺之所據江山之勝無踰於滕王閣望湖亭二處公不知其幾過皆不留題何也公曰諸公曾見東坡及僧晦幾詩否皆曰見公曰請與諸公誦之晦幾滕王閣詩云檻外長江去不回檻前楊柳後人栽當時唯有西山在曾見滕王歌舞來其第一句長江去不回往事不可問矣第二句檻前楊柳亦是後人所栽第三句第四句謂當時曾見滕王歌舞者唯有西山在耳含無限之意寓無窮之感東坡望湖亭詩云黑雲堆墨未遮山白雨跳珠亂入船驀地風來忽吹散望湖亭下水連天陰陽變化關機開闔於頃刻之間且氣雄語壯所謂吞雲夢者八九二詩皆不可及是以不曾有題明日公與諸人登滕王閣即席賦律詩

若干首及一絶句余幼時能誦之今但記其三律與絶句耳其一曰高閣城頭户牖開江中照見碧崔嵬文章誰復三王後雲氣長從五老來畫角數聲南斗落白鹽萬斛北風回洲南先有蛟龍窟惟得詩成急雨催其二曰天寒江閣立蒼茫百尺闌干送夕陽歲久魚龍非故物春深蛺蝶是何王帆檣星斗通南極車蓋風雲擁豫章燈火夜歸湖上雨隔鄰呼酒説干將其三曰危樓百尺倚闌干滿目青山不厭看空翠遠凝江樹小落霞飛送酒杯乾千年劍氣侵牛斗半夜天香下廣寒我欲乘鸞朝帝闕五雲深處是長安絶句云豫章城上滕王閣不見鳴鑾佩玉聲惟有當時簾外月夜深依舊照江城昔人云詩不可苟作觀公之意可見矣此得之吴用中云

上下四方記

洪容齋云上下四方不可窮竟正雖莊列釋氏之寓言曼衍不能說也列子商湯問於夏革曰上下八方有極盡乎革曰不知也湯固問革曰無則無極有則有盡朕何以知之然無極之外復無無極無盡之中復無無盡無極復無無極無盡復無無盡朕是以知其無極無盡也而不見其有極有盡也焉知天地之表不有大天地者乎大集經風住何處曰風住虛空又問虛空爲何所住答曰虛空住於至處又問至處復何所住答言至處何所住者不可宣說何以故遠離一切諸處所故一切諸處所所不攝故非數非稱故是故至處無有住處容齋以爲二家之說止於如此而已余嘗觀程子邵子問答有天何依曰依乎地地何附曰附乎天天地何依附曰天地自相依附又朱子門人有問六合之外當時何物先生曰人生天地間且只理會天地間事此語最善彼釋氏又有所謂水輪風輪之類亦約語爾

元二辯

後漢鄧隲傳隲拜大將軍時遭元二之灾章懷注云元二即元元也古書字重者多於上字下作小二字以取便爾洪容齋隨筆中乃引王充論衡恢國篇曰今上嗣位元二之間嘉德布流爲證謂元二爲元年二年也遂自述在史館脩欽宗紀贊曰遭靖康元二之禍實本諸此余考漢書文紀有元元之民師古曰元元善意也又光紀有下爲元元所歸注謂黎庶猶言喁喁論衡元二之間亦是謂嘉德布流於元元之間容齋偶未詳耳而趙明誠謂元元語殊不可讀何也

杜詩阿咸辯

杜子美杜位宅守歲詩首句云守歲阿咸家注者云咸一作戎乃晉王戎昔阮籍與戎父渾爲友嘗謂渾曰共卿語不如與阿戎談黃鶴謂杜位乃公之從弟不應用父子事善本作阿咸東坡與子由詩云頭上銀幡笑阿咸又云欲喚阿咸來守歲林烏櫪馬鬬喧譁正用公此詩也余嘗觀南史齊王思遠小字阿戎王晏之從弟也清介有識鑒隆昌之事嘗規切晏及晏貴盛與思遠兄徵曰隆昌之際阿戎勸我自裁若如阿戎言豈得有今日徵曰果如阿戎言尚未晚也晏大怒後果及禍子美詩用阿戎蓋出於此注者不考遂定爲阿咸豈不知阮咸籍之姪亦與兄弟之事不相當而東坡於子由偶誤用爾何必據以爲證耶又嘗於內閣見子美親書贈衛八處士詩字甚怪偉驚呼熱中腸作嗚呼熱中腸然則杜詩謂善本而其中之誤者豈止阿咸而已哉

皇明文衡卷之五十五